KB180990

문화유산에 깃든 시조

문화유산에 깃든 시조

인쇄 · 2021년 3월 7일
발행 · 2021년 3월 15일

지은이 · 신웅순
펴낸이 · 한봉숙
펴낸곳 · 푸른사상사

주간 · 맹문재 | 편집 · 지순이, 김수란, 노현정 | 마케팅 · 김두천, 한정규
등록 · 1999년 7월 8일 제2-2876호
주소 · 경기도 파주시 회동길 337-16(서패동 470-6) 푸른사상사
대표전화 · 031) 955-9111(2) | 팩시밀리 · 031) 955-9114
이메일 · prun21c@hanmail.net /prunsasang@naver.com
홈페이지 · http://www.prun21c.com

ISBN 979-11-308-1775-0 93800
값 22,000원

한국문화 총서 16

신웅순

문화유산에 깃든 시조

책머리에

『문화유산에 깃든 시조』는 『시조는 역사를 말한다』, 『시조로 보는 우리 문화』, 『시조로 찾아가는 문화유산』의 뒤를 이어 집필한 네 번째 책이다.

첫 번째 책에서는 고려 말에서 조선 성종 대에까지 시조를, 두 번째는 성종 대에서 임진왜란 이전까지 시조를, 세 번째는 임진왜란에서 병자호란 이전까지의 시조를 대상으로 했다. 이 책는 17, 8세기 조선 중 · 후기의 시조 문학을 역사, 문화와 함께 조명한 책이다.

이항복, 홍서봉, 김육, 홍익한, 윤선도, 김응하, 임경업, 송시열 같은 굵직한 정치가들이 나와 다사다난했던 조선 중 · 후기를 이끌어갔다. 이때에 밖으로는 정묘 · 병자호란, 안으로는 영창대군의 죽음, 인목대비의 유폐, 인현왕후의 폐서 그리고 소북과 대북, 서인과 남인의 세력다툼 등 몇 차례 환국이 벌어졌다. 이항복은 인목대비 폐서인 논의로 귀양을 가서 졸했고, 주화파 홍서봉은 척화파 김상헌을 청국으로 보내야 했으며, 김육은 대동법으로 임병란 이후의 피폐해졌던 경제를 살려내야 했던 절체절명의 시기였다. 삼학사인 홍익한은 청나라로 끌려가 심양에서 죽임을 당했고, 김응하, 임경업 같은 무인들은 나라의 대의명분과 자존심을 위해 목숨을 바쳤으며, 대유학자 송시열은 정적으로 인해 희생되었던 시기이도 했다.

이런 와중에 시조의 대가 윤선도는 유배문학의 꽃을 피웠으며 나위소의 강호구가, 이정의 육가 계통의 시조도 이 시대에 살펴볼 만하다. 김성최, 김창업, 권섭 등 귀족 취향의 경화사족도 이즈음에 등장했다.

역사는 미래의 거울이다. 선인들이 당시 어떻게 살아왔는지 살펴본다는 것은 현실을 살아가는 우리들에게 어떤 삶을 살아야 하고 어떻게 미래를 대비해야 하는 것인가를 깨닫게 해준다.

임병란 이후 격랑의 파고를 헤쳐왔던 선인들의 삶을 돌아본다는 것은 현 시대를 살아가야 하는 우리들에게 의미 있는 일이 될 것이다.

아낌없이 책을 내주신 푸른사상사 한봉숙 사장님께 감사의 말씀을 올린다. 늘 내 옆에서 말없이 도와준 아내에게도, 언제나 아빠를 응원해주는 딸, 사위들에게도 고마운 마음을 전한다.

시조는 천여 년을 이어온 우리 민족의 소중하고 위대한 문화유산이다. 남녀노소 누구나 읽어볼 수 있는, 우리의 역사와 문화, 문학이기도 한 교양서 『문화유산에 깃든 시조』의 일독을 권한다.

강호제현의 질책을 바란다.

2021년 1월
둔산 여여재 석야 신웅순

차례

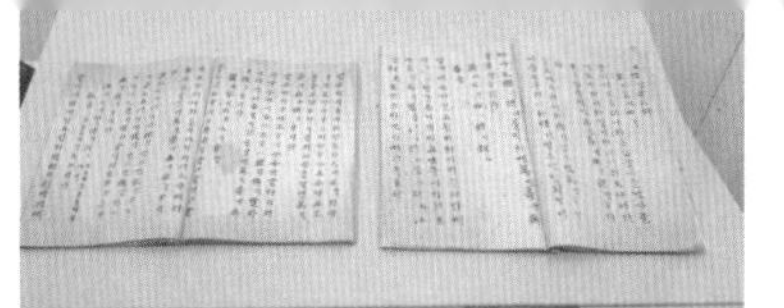

안정 「전 나귀 모노라 하니…」

1494(성종 25)~1548(명종 3)

안정(安挺)은 중종 때의 문신이며 서화가로 호는 죽창이다. 그는 1519년에 현량과에 3등으로 급제, 주서에 임명되었다. 기묘사화가 일어나던 날 공서린 · 윤자임, 이구 등과 함께 입직하다 투옥되었고 이튿날 석방되었다.

기묘사화는 1519년 남곤 · 홍경주 등 훈구파에 의해 조광조 · 김정 등 신진 사류들이 숙청된 사건을 말한다.

"일을 같이 한 사람들이 이미 죄를 입었으니, 옥에 가서 그 죄를 함께 받게 해주옵소서."

안정은 여러 번 아뢰었으나 임금은 윤허하지 않았다. 그는 그들과 함께하기를 원했으나 그렇게 하지 못했다.

> 전 나귀 모노라 하니 서산에 일모(日暮)로다.
> 산로 험하거든 간수(澗水)나 잔잔(潺潺)커나
> 풍편(風便)에 문견폐(聞犬吠)하니 다 왔는가 하노라

발을 저는 나귀를 타고 돌아다니다 보니 어느새 해가 서산으로 저물었구나. 산길이 험하니 골짜기로 흐르는 물인들 잔잔하겠는가. 바람결에 개 짖는 소리 들으니 마을에 다 왔나 보구나.

벼슬을 버리고 강호로 돌아온 후에 지은 시조이다. 고난하고 험난했던 벼슬살이와, 벼슬을 버리고 전원으로 돌아오기까지의 행적이 담겨 있다. 어려움을 겪을 수밖에 없는 것이 벼슬길이다. 현실은 학문과 덕행, 행실만으로 버틸 수 있을 만큼 만만하지 않았다. 그는 현량과로 천거되어 벼슬길에 나갔으나 결국은 사화를 당했다.

숙청된 것을 '다리 저는 나귀를 몰고 가는데 서산에 해가 졌다' 라는 말로 비유했다. 나귀가 다리를 절도록 돌아다녔으니 벼슬살이가 얼마나 험난했는지 알 수 있다. 학행을 실현하려고 벼슬길에 나갔으나 현실은 생각처럼 녹록지가 않았다.

안정은 신사무옥에 연루되어 모진 고문을 당했다. 신사무옥은 중종 16년, 안처겸이 남곤 · 심정 등을 제거하려다 송사련의 고변으로 아버지 안당과 많은 사림들과 함께 처형된 사건을 말한다. 훈구파와 신진사류 사이의 반목과 질시 속에서 발단된 오로지 정적을 타도하기 위해 벌어진 사건이다.

그는 길주로 유배되었다가 곤향으로 이배되었다. 이후 인종 즉위년 전한에 제수되었다가 다시 양성 현감으로 좌천되었고, 그리고 얼마 안 되어 관직을 버리고 귀향했다. 이런 고달픈 삶의 여정이 시조에 고스란히 배어 있다.

그에게는 산길이 험난했고 개울물마저도 잔잔하지 않았다고 지난날의 참담했던 신사무옥을 이렇게 표현했다. 초 · 중장에서 나귀를 타고 이상향을 찾아 헤매다 종장에 와서야 바람결에 개 짖는 소리를 듣고 나서 비로소 다 왔는가 하고 안심했다. 그는 벼슬길을 버리고 이렇게 고향으로 돌아왔다. 나귀의 등에 실려 힘없이 현실 세계로 돌아오는 작자의 모습이 처량하다.

청우를 비끼 타고 녹수를 흘리 건너
천태산 깊은 골에 불로초 캐러 가니
만학에 백운이 잦았으니 갈 길 몰라 하노라

자연으로 돌아와 자연 속에서 유유자적하는 모습을 그렸다.

청우를 비스듬히 타고 녹음이 비친 개울물을 따라 건넜다. 천태산 깊은 골짜기로 불로초를 캐러 가니 첩첩 골짜기에 구름이 자욱해 갈 길을 찾지 못하겠구나.

청우는 신선이 타는 소를 말한다. 노자가 함곡관을 지나 서역으로 들어갈 때 탔다고 하는 수레를 끌던 푸른빛의 소이다. 신선같이 노니는 전원 생활이 이리도 유유자적한가. '만학' 은 '수많은 골짜기' 를, '잦았으니' 는 '자욱하니' 를 뜻한다.

천태산 깊은 골짜기로 불로초를 캐러 간다고 했다. 구름에 첩첩 싸인 골짜기를 헤매다 그만 길을 잃었다. 이제는 속세를 벗어나 신선의 경지에 이르렀다는 말인가. 길을 잃었다는 것은 자연에 동화된 경지를 읊은 것으로도 볼 수 있다. 정쟁으로 험난했던 당시의 벼슬살이를 상징했다고도 볼 수 있다.

만만치가 않은 것이 현실이다. 작가가 동경하는 불로초가 자라는 곳,

그 이상향은 없다. 갈 곳을 모르는 첩첩산중 그것이 현실의 삶이라는 것을 이 시조는 말해주고 있다.

안정은 거문고와 글, 화초 등을 즐겼고 특히 매화와 대 그림을 잘 그렸다. 『가곡원류』 등에 시조 2수가 전하고 있다.

허자 「무극옹이 고쳐앉아…」

1496(연산군 2)~1551(명종 6)

무극옹(無極翁)이 고쳐 앉아 내 말씀을 대답하되
연비어약을 아는가 모르는가
풍월의 자연진취를 알 이 없어 하노라

자연 속에서 도를 즐기며 사는 모습을 읊었다.

무극(無極)은 시간 · 공간의 제약을 넘어선 절대적 존재를 말한다. 무극옹은 이를 의인화한 말로 우주를 관장하는 신 정도로 해석하면 될 것 같다. '고쳐 앉아'는 '바르게 앉아'라는 뜻이다. '연비어약(鳶飛魚躍)'은 솔개가 하늘을 날고 물고기가 못에서 뛴다는 뜻으로 자연의 법칙을 이르는 말이다. 자연 속에서 저절로 도를 터득해 즐거움을 얻는다는 뜻이다. '자연진취(自然眞趣)'는 참다운 취미라는 뜻이다.

무극옹이 바르게 앉아 자신의 말을 자신에게 묻고 대답하되 "연비어약을 아는가 모르는가" 하고 물었다. 그리고 "맑은 바람과 밝은 달인 자연의 참다운 취미를 알 이 없어 하노라"라고 대답했다. 초장에서 자

문자답한다고 해놓고 중장에서 묻고 종장에서 대답하는 형식으로 되어 있다.

자연의 이법에 따라 하늘의 솔개와 물속의 고기가 스스로 만족하며 살 듯 도를 즐기며 사는 법을 터득했느냐고 물은 것이다. 자신은 청풍명월, 자연의 참뜻을 즐기면서 사는데 다른 사람들은 이것을 잘 모른다는 것이다.

정쟁에서 밀려나 외직에 있을 때 지은 것으로 보인다.

> 호산(湖山) 천만 리를 앉아서 다 보과라
> 무정한 강한(江漢)도 조종우해(朝宗于海)하거든
> 하물며 대장부 제세장책(濟世長策)을 품 안에서 늙히랴

언젠가는 조정에 나가 자신의 정책을 펴보고자 하는 큰 포부를 읊고 있다.

호산은 호수와 산, 자연을 뜻하는 말이고. 강한은 중국 양자강과 한수강이 합류하는 무창 · 한구 · 한양 지방을 말한다. 조종은 제후가 봄과 여름에 천자를 뵈는 것을 비유한 말이다. 봄에 뵙는 것을 조(朝), 여름에 뵙는 것을 종(宗)이라 한다. 조종우해는 강물이 분주히 흘러 바다로 모여드는 것을 이 조종에 비겨 말한 것이다. 이 말은 『시경』 소아(小雅) 「면수(沔水)」의 "면피유수 조종우해(沔彼流水 朝宗于海, 철철 넘치는 저 물은 흘러서 바다로 들어가나니)" 에서 나온 말이다. '강한(江漢)도 조종우해(朝宗于海)' 는 중국의 양자강과 한수도 바다로 흘러간다는 의미가 된다. '제세장책' 은 세상을 구할 만한 원대한 계책을 말한다.

산과 호수의 넓은 세상을 다 앉아서 보는구나. 무심한 강물도 바다로 흘러가는데 하물며 사내 대장부가 세상을 구제하려는 큰 뜻을 펴보지 못하고 품 안에서 늙어가겠느냐.

강호에 물러나 천만 리를 다 조감하고 있다. 중국의 양자강과 한수가 바다로 흘러가듯 자신도 임금에 대한 충성에는 변함이 없으며 조정에 다시 돌아가 세상을 구할 큰 방책을 내놓겠다고 포부를 말하고 있다.

그는 몇 번 지방관으로 밀려났을 뿐이지 벼슬을 버리면서까지 전원으로 돌아가지는 않았다. 밀려난 거기에서 자신의 심정을 위로하고 훗날의 포부를 꿈꾸며 정국의 전환을 기다리겠다는 것이다.

허자(許磁)는 김안국의 문인이다. 성리학자인 미수 허목의 증조부이며 선조 때의 어의 양평부원군 허준의 재종숙이다. 세조 때의 공신 김수온의 외손자이기도 하다.

28세에 문과에 급제, 수찬 응교 등을 거쳐 이조정랑이 되었다. 김안로가 집권하자 양근 군수, 황주 목사 등 외직을 전전하다 김안로가 실각하자 동부승지, 이조참의가 되었다. 또한 형조참판으로 명나라에 다녀온 후 예조 · 형조판서, 우참찬이 되었다. 명종 즉위 후엔 소윤에 가담, 을사사화로 공신이 되어 양천군에 봉해졌다. 54세에 이조판서로 대윤의 신원을 주장한 민제인의 동생을 현감에 임명하였다가 이기의 심복인 진복창의 탄핵으로 홍원에 유배되어 배소에서 죽었다.

『병정록(丙丁錄)』에는 "동애 남중은 준수하고 풍도가 있어서 제배들의 추중을 받았는데, 일찍이 이조 판서가 되어서 청탁을 받지 않고 현부를 구별하므로 소인들이 다들 원망하더니 마침내 홍원 유배지에서 죽었다. 평생에 의리를 좋아하여 녹봉과 상비를 계산하여 보고 그 나머지를 별도로 저축하여 초상을 당하거나 위급한 일을 당한 자를 도와주어서 그가 죽었다는 소문을 듣고 연민하지 않는 사람이 없었다." 고 하였다.(『국역 국조인물고』)

사후에 홍문관의 상주로 관작이 복구되고 영의정에 추증되었다. 저서로는 『동애유고』가 있으며 시조 2수가 전하고 있다.

강익 「물아 어디를 가느냐…」

1523(중종 18)~1567(명종 22)

강익(姜翼)은 조선 중 · 명종 때의 학자이다. 호는 개암, 조식의 문인이다. 27세에 진사가 되었으나, 벼슬에 뜻이 없어 학문과 후진 양성에 전념했다. 1552년에 남계서원을 건립하여 정여창을 제향했다. 남계서원은 우리나라에서는 소수서원 다음으로 세워진 서원이다. 그는 1566년 영남 유생 33인의 소두(疏頭)가 되어 정여창의 신원을 호소하는 상소문을 올렸다. 그는 소격서 참봉에 임명되었으나 부임하는 도중 병사했다.

저서로는 『개암집』 등 2권이 있으며 여기에 「단가삼결」이라 하여 시조 3수가 실려 있다. 전원에서의 즐거움과 학문의 실천을 읊은 것으로, 그의 고결한 기품이 반영되어 있다. 남계서원에 제향되었다.

물아 어디를 가느냐 갈 길 멀었어라
뉘누리 다 채와 지내노라 여흘여흘
창해에 못 미칠 전이야 그칠 줄이 있으랴

'뉘누리' 는 소용돌이의 옛말이다. '여흘' 은 여울의 옛말로 물살이 빠르게 좔좔 흘러가는 모양을 말한다.

너는 어디를 가느냐. 갈 길이 멀었구나. 소용돌이 다 채우며 가느라 여흘여흘 흘러가는구나. 큰 바다에 이르기 전까지야 어디 그칠 까닭이 있겠느냐.

『맹자』의 「이루편(離婁篇)」에 "물은 작은 구멍이라도 다 채운 다음에 흘러간다(盈科而後進)" 는 구절이 있다. 이 말을 상기하고 있다.

어디를 가느냐고 물에게 물으니 갈 길이 멀다고 한다. 학문 성취를 물에 비유했다. 물도 웅덩이를 다 채워 흘러가기 때문에 학문의 길은 멀다는 것이다. 물이 바다에 닿을 때까지 끊임없이 흘러가듯이 학문의 완성을 위해서는 끝없는 노력을 기울이지 않으면 안 된다고 말하고 있다.

시비에 개 짖는다 이 산촌에 그 뉘 오리
댓잎 푸른데 봄새 울음소리로다
아이야 날 추심(推尋) 오나든 채미(採薇) 갔다 하여라

전원의 은자의 생활을 보여주고 있다. '추심' 은 찾아온다는 뜻이고 '채미' 는 고사리를 캐는 것을 의미한다.

사립문에서 개가 짖는다. 이 산촌에 그 누가 오겠느냐. 봄이 되니 댓잎은 푸르고 새들은 지저귀는구나. 아이야, 누가 날 찾아오거든 고사리 캐러 갔다고 둘러대려무나.

개 짖는 소리도 손님이 찾아오는 것도 나의 은둔 생활을 방해하게 하지 않고 싶다는 것이다.

남계서원 · 사적 제499호. 경상남도 함양군 수동면 남계서원길 8-11(원평리) 소재, 유네스코 세계문화유산에 등재되었다. 사당에는 정여창을 주벽(主壁)으로 하여, 좌우에 정온(鄭蘊, 1569~1641)과 강익(姜翼, 1523~1567)의 위패가 각각 모셔져 있다. 사진 © 신웅순

지란을 가꾸려 하여 호미를 둘러메고
전원을 돌아보니 반이나마 형극이다
아이야 이 기음 못다 매어 해 저물까 하노라

'지란'은 영지와 난초를 말하고 '형극'은 나무의 온갖 가시, 고난을 비유한 말이다.

지란을 가꾸려고 호미를 둘러메고 전원을 둘러보니 반이 다 가시밭이다. 아이야 이 김 다 매지 못하고 하루 해가 저물겠구나.

「공자가어(孔子家語)」에 "지란은 깊은 숲속에서 자라는데 찾는 사람이 없어도 향기를 풍긴다, 군자는 도를 닦아 덕을 길러서 어려움에 처해도 절개를 더럽히지 않는다"라는 구절이 있다.

지란은 지조를 지키는 선비를 상징하는 말이다. 지란을 가꾼다는 말은 자신의 몸과 마음을 닦아 선비의 덕을 기른다는 것을 뜻한다. 지란을 가꾼다는 것이 어디 쉬운 일이냐며 전원생활 어디를 봐도 형극의 가시밭길이라고 했다. 김매는 데 하루해가 저물겠다고 하여 선비의 몸가짐을 바르게 하는 것이 그리 만만하지 않다는 것이다.

지란은 '선비의 몸가짐'을 뜻한다. 이를 실천하기 위한 노력을 게을리하지 않겠다는 의지를 시조 삼결에서 표명하고 있다.

강익은 남명 조식의 문하이다. 후학을 지도함에 있어 극기와 신독(愼獨)을 권장, 그는 스승의 가르침대로 말보다는 실천 위주의 학문을 하도록 제자들을 가르쳤다.

박세채는 묘갈명에서 강익을 다음과 같이 말했다.

> 선비에게는 항성(恒性)이 있어 인자(仁者)를 찾는 일 적겠으나, 나라에 군자 중에서 이분 이외에 어떤 사람을 취하리오? 뛰어나도다! 선생이여 한번 변화하여 도(道)에 이르렀도다. 행실은 이륜(彝倫)을 온전히 하였고 학문은 오묘함을 궁구했네. 깊이 연구하여 힘써 실천하여 거의 크게 성취한 데 가까웠는데, 이승을 떠나 세상을 멀리 하였으나 덕음(德音)은 더욱 드러났도다. 미약한 나 같은 사람이 어찌 감히 숨겨진 것 천양할까? 지나온 생애 글로 새기어 천추(千秋)에 길이 보여 주노라.(『국역 국조인물고』)

박계현 「달 밝은 오례성에…」

1524(중종 19)~1580(선조 13)

달 밝은 오례성(五禮城)에 여나믄 벗이 앉아
사향감루(思鄕感淚)를 뉘 아니 지리마는
아마도 위국단침(爲國丹忱)은 나뿐인가 하노라

박계현(朴啓賢)은 32세에 을묘왜변이 일어나자 경상 평사로 나갔다. 을묘왜변은 1555년(명종 10) 왜구가 전라남도 강진·진도 일대에 침입해 약탈, 노략질한 사건이다. 37세에 이조정랑으로 있을 때는 현사로 인정되는 사람만 기용하고 척신들의 추천은 들어주지 않았다. 이에 권신 윤원형이 그를 포섭하고자 혼인을 청했으나 거절당했다. 그 일로 1560년 박계현은 변방인 만포진 병마첨절제사로 내몰렸다. 위의 시조는 그때 썼던 것이 아닌가 생각된다.

'오례성'은 성의 이름이며 '사향감루'는 고향을 그리워하는 감회의 눈물이다. '위국단침'은 나라를 위한 충성된 마음이다. 달 밝은 변방 성루에서 몇몇 친구들과 둘러앉았다. 고향이 그리워 눈물인들 뉘 아니 흘리겠는가. 아마도 나라를 위한 충성된 마음은 나뿐인가 하노라.

나라를 지키는 변방에서는 누구나 고향 생각이 나기 마련이다. 그러나 그에게는 나라를 평안하게 해야 한다는 관리의 기본 자세가 언제나 먼저였다.

그는 동·서인 사이의 당쟁을 누그러뜨리려고 많은 노력을 기울였으나 실현하지 못했다. "국가가 마침내 당론에 손상될 것" 라고 말한 그였기에 더더욱 이런 시조가 나왔을 것이다.

박계현은 중종·명종·선조 대의 문신으로 호는 관원이다. 20세에 진사가 되고 29세에 문과에 급제하여 예문관 검열, 홍문관 부수찬을 거쳐 사가독서했다. 동지사 서장관, 하성절사로 명나라를 다녀왔다.

그는 권벌·이언적 등의 유현들의 신원을 계청하기도 했다.

> "선정신 이언적은 성현이 끼친 경서에서 오래 끊어졌던 학문을 터득하고 거취를 오직 의리에 맞게 하였습니다. 그때 크게 간사한 자가 나랏일을 마음대로 결정하여 먼 변방으로 내쳐 죽게 하였으나 본디 선왕의 뜻이 아니었으니, 김굉필의 고사에 따라 특별히 큰 벼슬을 추증하고 아름다운 시호를 주소서……" 하였다. 이때 사문이 어두워진 지 20년이 넘었는데, 공이 다행히 새로운 정치가 청명한 때를 만나 맨 먼저 유현을 숭상하고 정도를 부식하는 논의를 세우고 몸소 옥산 서원에 가서 제문을 읽어 제사하니, 사림이 용동하였다.(『국역 국조인물고』)

그는 유현을 이렇게 존중했다. 예조참판, 지중추부사와 호조판서 등을 역임했으며 시조 한 수가 전하고 있다.

황산대첩비지 · 사적 제104호. 전북 남원시 운봉읍 가산화수길 84 소재. 박계현의 건의로 세워진 태조 이성계의 승전비가 있던 자리이다. 고려 말 도순찰사였던 이성계가 황산에서 왜군을 무찌른 사실을 기록하여 비석을 세웠으나 현재는 잔해만 남아 있다.

사진 출처 : 문화재청

전라북도 남원시 운봉읍 화수리에 이성계가 왜구를 무찌른 승전비 남원 황산대첩비가 있다. 이 비는 선조 10년 당시 전라도 관찰사였던 박계현의 건의에 의해 세워졌다. 어휘각(御諱閣)은 일제 때 반시국 유물이라 하여 폭파되었고 대첩비는 글자를 알아보지 못하게 정으로 쫀 뒤 조각내어 지금은 잔해만 남아 있다.

생육신의 한 사람 남효온이 「육신전」을 남겼는데 사육신은 만고에 없는 충절의 인물이었으나 당시에는 사육신의 이름이 오르내리는 것조차 나라의 금기였다. 남효온의 불온한 역사의 기록을 선조 임금에게 읽어보라고 권한 이가 박계현이었다. 선조는 「육신전」을 모두 찾아내 불태워버리고, 책에 대해 이야기하는 자들도 엄벌하라는 서릿발 같은 엄명을 내릴 정도로 분노했다고 한다.

박계현이 「육신전」을 읽어보라고 건의했던 것은 물론 임제도 「육신전」의 내용을 소재로 「원생몽유록」을 지어 자신들의 정치적 신념을 널리 알리고자 했다. 숙종 17년(1691)에 이르러서야 여섯 명의 신하들이 사육신이라는 충절의 인물로 복권되기에 이르렀다.

박계현의 올곧은 정치 의식을 알 수 있는 사례들이다.

이제신 「천지도 당우 적…」

1536(중종 31)~1583(선조 16)

천지(天地)도 당우(唐虞) 적 천지 일월(日月)도 당우 적 일월
천지일월이 고금에 당우로되
어떻다 세상 인사는 나날 달라가는고

'당우'는 태평한 요순 시절을 말한다. 천지와 일월이 요순시대와 지금이 다름없고 우주질서는 예나 지금이나 하나도 변함이 없는데 세상 형편은 날이 갈수록 험란해지고 있다고 탄식하고 있다.

조정의 관료들이 동인과 서인으로 파당을 짓고 있을 때 이제신은 어느 당파에도 들지 않았다. 많은 어려움을 겪었을 그 무렵 지었던 것으로 생각된다.

이제신(李濟臣)은 명종 · 선조 때의 문신으로 호는 청강이다. 조선시대 한문문학의 전성기를 연 학자이며 정치가였다. 기묘사화 때 조광조 · 김식의 두 스승으로 인해 연루되었으나 연소하다 하여 화를 면한 조욱의 문하이다. 이제신은 나이 7세에 이미 "새가 날아 저 푸른 하늘

로 떠오르니, 푸른 하늘의 높낮이를 알겠구나(鳥飛靑天浮, 靑天高下知)" 라는 시를 지어 주위를 놀라게 했다. 『명종실록』의 편찬에 참여했다. 진주목사로 있을 때는 선정을 펴 많은 공을 쌓았으나 그만 병부를 잃어버리는 바람에 관직에서 물러나기도 했다. 1584년 여진족 이탕개가 쳐들어와 경원부가 함락되자, 패전의 책임을 물어 의주 인산진에 유배되었으며 그곳에서 죽었다. 시문에 능하고 글씨는 행 · 초 · 전 · 예서에 모두 뛰어났다. 경기도 과천의 「상붕남묘비」, 「이현령인손묘갈」 등이 그의 글씨이다. 양근의 미원서원(迷原書院), 청주의 송천서원(松泉書院)에 제향되었다. 시호는 평간(平簡)이다.

그는 자제를 가르치면서 "재물을 썩은 흙처럼 보라" 했고 또 "학자가 부귀와 이달에 마음이 있으면 차라리 배우지 않는 것이 낫다" 고 했다. 청백리에 책록되었으며 『청강집』, 『청강소설』, 『진성잡기』 등의 저서가 있다.

그의 『청강소설』은 노경에 이르러 친지들과의 어(語) · 신(信) · 필(筆), 교유담학(交遊談謔) 중에서 견문한 것을 수록한 문집으로 지금의 소설 개념과는 달리 항담가설 같은 설화에 가까운 것들이다. 그의 청강소설에 수록된 「청강쇄어」에 이런 이야기가 있다.

이세린이라는 자가 기생집에 드나들다 기생 서방에게 붙잡혀 귀를 잘렸다. 때마침 김인복을 만났다. 그에게 물었다.

"자네는 눈이 하나 멀었고 나는 귀가 하나 없다. 누가 나은가?"

"자네가 낫다."

"무엇 때문인가?"

"자네는 가려진 것이 없기 때문에 뒤에서 하는 말을 먼저 듣게 되고

송천서원 · 충청북도 청주시 청원구 오창읍 양지리 소재. 조선 후기 김사렴 등 7인의 선현, 이후 이제신 등 8인의 선현을 추가 배향한 서원

사진 © 신웅순

또 빠르게 듣기 때문이다."

"자네 말이 옳다"

기생 때문에 하나는 눈을 잃고 하나는 귀가 잘린 두 사람과의 대화이다. 절로 웃음이 난다.

조선 전기 성종 때의 『동인시화』 이후 시화류의 저술이 좀처럼 이루어지지 않았던 때에 조선 중기 이제신에 이르러 시화가 지어짐으로써 그 맥을 잇게 되었다. 특히 「청강쇄어」의 탈춤에 관한 기록은 조선 전기 탈춤의 실태를 연구하는 데 중요한 자료가 되고 있다.

박수천 교수는 "청강 선생의 작품들은 조선 중기 다양한 장르에 걸쳐 창작돼 서양의 르네상스에 해당되는 '목릉성세(穆陵盛世)' 시대를 열었다" 며 "청강 선생의 작품들은 동시대 율곡 이이 선생이나 송강 정철 선생, 사류재 이정암 선생에 비견될 정도로 탁월했으며 중국에서도 인정받고 있다" 고 말했다.

정광천 「설울사 설울시고…」

1553(명종 8)~1594(선조 27)

정광천(鄭光天)은 임진왜란 때의 의병장이다. 호는 낙애로, 한강 정구의 문하생인 정사철의 아들이다. 부친 정사철은 대구 유림의 최고 지도자로 임란이 일어나자 의병 활동을 하다 병으로 그 이듬해 졸했다.

정광천은 아버지를 모시고 피난 생활을 하던 중 「술회가」 6수와 「병중(病中)술회가」 3수의 시조를 지었다. 『낙애일기』에 실려 있는 이 두 노래는 나라와 부친을 걱정하는 깊은 충정이 서려 있다. 그중 「술회가」는 1592년 11월 15일, 「병중술회가」는 1592년 12월 20일에 지었다.

> 설울사 설울시고 민망함이 그지없다.
> 병진(兵塵)이 막막하니 갈길이 아득하다.
> 어느제 수복고국(收復故國)하여 군부(君父) 편케 하려뇨

「술회가」의 둘째 수이다.

'병진'은 전쟁의 먼지로 임진왜란을, '수복고국'은 나라를 되찾는 것

을, '군부'는 임금과 아버지를 말한다.

서럽고도 설운지고 민망함이 끝이 없다. 전쟁터가 어지러워 갈 길이 아득하다. 어느 때 나라를 되찾아 임금과 부모를 편하게 할까.

그의 나라에 대한 충성심은 문집『낙애문집』의「의소(擬疏)」에도 잘 나타나 있다. 의소는 임진왜란으로 위기에 처한 국가를 다시 일으켜 세우기 위한 자신의 견해를 밝힌 글이다. "수년간의 병란으로 피폐된 지금 실로 두려운 것은 외적이 아니라 민심의 이반이다"라고 말한 그는 우리 군대와 명나라 원군의 수탈로 고통에 신음하고 있는 백성들의 실정을 지적했다. 국가에서는 백성들을 구휼하는 데 힘써 국가의 기강을 확립할 것과 또한 인재를 모아 왜적을 물리쳐야 함을 역설했다.

> 내 뜻이 우졸(迂拙)하여 아무 데도 맞지 아니하니
> 공명(功名)에도 우활(迂闊)하고 영산(營産)에도 우활(迂闊)하여
> 다만 혼자 사생궁천간(死生窮賤間) 봉친종로(奉親終老)하려 하노라

「병중술회가」의 첫수이다.

'우졸'은 어리석고 못난 것을, '우활'은 못생긴 것을, '영산'은 재산을 경영하는 일을 말한다. '사생궁천간'은 '살든 죽든 궁하든 천하든 간에'라는 뜻이다. '봉친종로'는 죽을 때까지 어버이를 봉양함을 뜻한다.

내 뜻이 어리석어 어디에도 맞지 않아 공명에도 뜻이 없고 재산에도 관심 없어 다만 혼자 죽든 살든 어렵든 천하든 간에 늙도록 부모를 봉양하려 하노라.

그의 시비가 대구광역시 달성군 다사읍 달구벌대로 126길 58-8 금

암서당 뒤편에 세워져 있다. 정사철, 정광천의 유택이 있는 정씨 문중 묘역이다. 금암서당과 문중 묘역 중간 지점에는 '임하 선생 낙애 선생 양 임란 창의비' 등 기념 빗돌들이 서 있다. 임하는 정광천 부친 정사철의 호이고, 낙애는 정광철의 호이다.

세상에는 기다려주는 시간은 어디에든 없다. 지금이 바로 행동을 해야 할 때이다.

이정 「청풍을 좋이 여겨…」

1520(중종 15)~1594(선조 27)

육가(六歌)는 6수를 단위로 한 연시조이다. 육가는 한시 계열의 노래와 우리말의 노래인 연시조로 나누어진다. 연시조 육가는 또 이별(李鼈)의 「장육당육가(藏六堂六歌)」 계열과 이황의 「도산육곡」 계열 등으로 나눌 수 있다. 이별의 육가 계통은 그 후손 이정, 이득윤, 이홍유 등으로 이어졌고 이황의 육가 계통은 장경세, 안서우, 건구 등으로 이어졌다.

「풍계육가(楓溪六歌)」는 이별의 조카 이정(李淨)의 작품이다. 「풍계육가」는 확실한 창작 연대는 알 수 없으며 이황의 「도산십이곡」과 비슷한 시기에 지어졌을 것으로 보고 있다.

육곡 전편이 고결한 선비의 삶을 노래하고 있다.

청풍을 좋이 여겨 창을 아니 닫았노라
명월을 좋이 여겨 잠을 아니 들었노라
옛사람 이 두 가지 두고 어디 혼자 갔노

첫 수이다. 청풍을 좋게 여겨 창을 아니 닫았노라. 명월을 좋게 여겨 잠이 아니 들었노라. 옛사람은 이 두 가지 두고 어디 혼자서 갔느냐.

청풍이 좋아서 창을 닫지 않고 명월이 좋아서 잠을 자지 않았다는 것이다. 옛사람들이 좋아하던 청풍과 명월을 두고 어디 혼자 갔느냐고 묻고 있다. 청풍과 명월은 자연이요 창은 자연과 나와의 소통 통로이다. 자신은 청풍명월을 들여놓고 옛사람처럼 즐기겠다는 것이다. 그래서 창을 아니 닫고 잠도 아니 잔다고 노래하고 있다.

> 내라서 누구라 하여 작록(爵祿)을 맘에 둘꼬
> 조그만 띠집을 시내 위에 이룬 바
> 어젯밤 손수 닫은 문을 늦도록 닫치었소

둘째 수이다. 청풍명월이 좋아 조그만 띳집을 시내 위에 지어놓고 어젯밤에는 문을 늦게 닫았소. 작록은 맘에도 없다는 것이다.

이 육가 계통의 연시조는 대체로 비판, 풍자적이나 이 「풍계육가」는 산수 간의 안빈낙도를 노래하고 있다.

이정은 무오사화, 갑자사화로 인해 죽은 이원(李黿)과 「장육당육가」를 지은 이별의 조카이다. 이정의 할머니가 박팽년의 딸이다. 이원은 김종직의 문하로 무오사화 이후 김종직의 신원 운동을 벌이다 귀양을 갔으며, 동생 이별은 세상을 버리고 황해도 평산에 은거하면서 집을 장육당이라 명명하고 거기에서 「장육당육가」를 지었다. 자신의 울분과 현실에 대한 마음을 풍자적으로 노래한 연시조이다.

이 육가의 계보를 이은 이가 바로 이별의 조카 이정이 안빈낙도를 노래한 「풍계육가」이다.

두고 또 두고 저 욕심 그지없다
나는 내 집에 내 세간을 살펴보니
우습다 낚싯대 하나 외에 거칠 것이 전혀 없어라

넷째 수이다. 쌓아두고 또 쌓아두고 저 욕심의 끝이 없다. 나는 내 집의 내 세간을 살펴보니 우습다. 낚싯대 하나밖에 걸릴 것이 전혀 없다.

욕심 없이 청빈하게 살아온 삶을 그대로 보여주고 있다.

오두미 위하여 홍진의 나지 마라
바람 비 어지러워 칼 톱이 무서워라
나중에 슬코 뉘우친다 기구(崎嶇)하다 기로다단(岐路多端)하여라

여섯째 수이다. '오두미'는 닷 말의 쌀로 얼마 되지 않는 녹봉을 말한다. '기로다단'은 갈림길의 갈래나 가닥이 많음을 뜻한다. 적은 녹봉을 위해 세상에는 나오지 말라. 바람 비 어지럽고 칼 톱이 무섭다. 나중에 실컷 뉘우친들 기구하다. 지금 보니 살아갈 방도가 많으니라.

지은이의 처세가 어떠해야 하고 어떤 생활을 해야 한다고 생각하는지 당시의 상황이 짐작이 간다. 세상에 나아가 화를 당하지 말고 산수간에 군자로 산수를 즐기며 살라는 그런 메시지를 담고 있다.

이 「풍계육가」 6수는 세 단락의 주제로 되어 있다. 제1단락은 첫 수와 둘째 수로, 작록을 마음에 두지 않고 옛사람처럼 청풍명월을 즐기며

살겠다는 것이다. 제2단락은 셋째 넷째 수로 욕심을 두지 않고 거칠 것 없이 안빈하게 살고 있다는 것이다. 제3단락은 다섯째 여섯째 수로 어지러운 세상에 나라 화를 당하지 말고 산수를 즐기며 살겠다는 것이다.

육가는 이별의 「장육당육가」에서 연시조로 자리를 잡았다. 이후 연시조에서 중요한 위치에 있으면서 18세기까지 지속적으로 창작, 향유되었다. 시조사에서 우수한 많은 작품들을 남겨놓았다.

박선장 「촌마도 못한 풀이…」

1555(명종 10)~1616(광해군 8)

오륜은 사람이 마땅히 지켜야 할 도리인 부자유친(父子有親)·군신유의(君臣有義)·부부유별(夫婦有別)·장유유서(長幼有序)·붕우유신(朋友有信)을 말한다. 아버지와 아들 간에는 친함이, 임금과 신하 간에는 의리가, 남편과 아내 간에는 구별이, 어른과 어린이 간에는 차례가, 친구와 친구 간에는 신의가 있어야 한다는 뜻이다.

오륜은 중국뿐만 아니라 한국에서도 오랫동안 사회의 기본 덕목으로 존중되어왔으며, 지금도 우리 일상생활에 깊이 뿌리 박혀 있는 유교의 윤리 도덕이다. 오륜가는 조선시대의 가부장적인 가정 질서를 계도하거나 국가 질서를 확립하기 위한 의도로 지어진 노래이다. 『악장가사』에 실린 「오륜가」와 경기체가 「오륜가」, 주세붕, 송순, 박선장, 김상용, 박인로의 시조 그리고 황립과 유영무의 가사 등이 있다.

박선장(朴善長)의 「오륜가」는 광해군 3년(1612) 그의 나이 58세 때에 지어진 여덟 수의 연시조이다. 세상 인심이 날로 변해가는 것을 우려해 경계의 방편으로 지은 어린이를 위한 교육용 자료이다. 오륜을 하나

씩 차례대로 다섯 수를 노래하고 나머지 세 수는 오륜을 마무리한다는 뜻인 난(亂)을 붙여 오륜의 필요성을 강조했다. 첫째 수부터 다섯째 수까지는 부모의 은혜를, 임금의 덕을, 부부 간의 공경을, 형제 간의 의미를, 친구 간의 신의를 주제로 하였고, 나머지 난의 세 수는 오륜의 불변을, 예의의 실천을, 이웃 간의 사랑을 주제로 하고 있다.

> 촌(寸)마도 못한 풀이 봄 이슬 맞은 후에
> 잎 넓고 줄기 길어 밤낮으로 불어났다
> 이 은혜 하 망극하니 갚을 줄을 몰라라

「오륜가」의 첫 수로 부모의 은혜를 노래한 작품이다. 한 치도 안 되는 풀이 봄 이슬 맞은 후에 잎은 넓고 줄기는 길어 밤낮으로 불어났다. 이 은혜 너무 망극하여 갚을 줄을 모르겠다는 것이다. '오륜'의 관념적 주제를 잎이나 줄기, 밤과 낮 같은 사물로 은유하여 형상화함으로서 여타의 설명적이고 직설적인 오륜가와는 다른 특징이 있다.

박선장은 조선 중기의 문신 · 학자로 호는 수서이다. 선조 38년(1605) 50세의 늦은 나이에 증광별시에 급제하여 성균관 전적이 되었고, 1611년에는 구만서당을 짓고 제자에 대한 강론과 성리학 학문 정진에 평생을 바쳤다. 구만서원(龜巒書院)에 제향되었다.

> 이웃을 미이디 마라 이웃 미오면 갈데없어
> 일향(一鄕)이 버리고 일국(一國)이 다 버리리
> 백 년도 못 살 인생이 그러그러 어떠리

마지막의 여덟째 수이다. 이웃 간의 사랑을 읊은 노래이다. 이웃을 미워하지 마라. 이웃을 미워하면 갈 데가 없다. 고을이 날 버리면 나라도 날 버리리라. 백 년도 못 살 인생이 그럭저럭 살아감이 어떠하겠느냐는 것이다. 지금에 와서도 이웃을 사랑하라는 전혀 낯설지 않은 교훈적인 성경 구절 같다.

박선장의 「오륜가」는 오륜이라는 관념적이고 윤리적인 주제를 설명적으로 직설적으로 드러내지 않고 은유나 환유, 설의법을 적절히 구사하여 작품성을 높여주고 있다. 이 작품이 여타 오륜가 계열 중 가장 뛰어난 작품으로 평가되고 있는 것도 이런 이유에서이다.

요즈음엔 삼강오륜은 젊은이들에게는 케케묵은 단어가 되었다. 오륜을 말하는 것조차도 주저되는 세상이다. 시대가 바뀌었다 해도 하나도 틀린 말은 아닌 것 같다. 무거운 주제이지만 잠시 사색에 잠겨볼 만한 시조가 아닌가 싶다.

이항복 「철령 높은 봉에…」

1556(명종 11)~1618(광해군 10)

광해군 5년(1613) 7월 광해군은 영창대군을 폐서인, 강화도로 유배시켰다. 광해군 6년(1614)에는 이이첨이 강화부사 정항에게 영창대군 살해 지령을 내렸다. 처음에는 굶기다가 막판에 방에 불을 지폈다. 영창대군은 "어마마마, 어마마마" 하고 부르다 세상을 떠났다. 그의 나이 9세였다. 『인조실록』에는 광해군의 밀명을 받은 별장 이정표가 음식물에 잿물을 넣어 죽였다는 기록도 있다.

인목대비의 친정아버지 김제남도 사사되었고, 아들 영창대군도 살해되었다. 이제 남은 이는 인목대비였다. 1614년 인목대비의 폐서인 논의가 있었다. 백사 이항복(李恒福)은 이를 극력 반대했으나 삭탈 관직되었고, 결국 인목대비는 폐위되었다. 1618년 이항복은 함경도 북청으로 유배되었다. 그는 60세의 노구를 끌고 유배길에 올랐다. 길을 떠날 때 돌아오지 못할 것을 헤아려 이항복은 가족들에게 염습할 제구를 가지고 뒤따르게 했다.

유배길 철령에서 그는 시조 한 수를 읊었다.

철령 높은 봉에 쉬어 넘는 저 구름아
고신원루를 비 삼아 띄워다가
님 계신 구중심처에 뿌려본들 어떠리

'철령' 은 강원도 회양에서 함경도 안변으로 넘어가는 높은 재이다. '고신원루(孤臣冤淚)' 는 외로운 신하의 억울한 눈물이다. '구중심처' 는 아홉 겹으로 둘러싸인 깊고 깊은 곳을 말한다.

철령 봉우리에 쉬어 넘는 저 구름아, 외로운 신하의 눈물을 비 삼아 띄워다가, 님 계신 구중심처에 뿌려본들 어떻겠느냐. 비통한 마음을 알아달라는 신하의 눈물겨운 시조이다.

이 노래가 곧 서울, 궁중에까지 퍼졌다. 어느 날 후원에서 잔치가 있었다. 광해군이 이 노래를 들었다.

"누가 지은 것이냐?"

궁녀가 사실대로 대답했다.

광해군은 추연히 눈물을 흘리고 잔치를 파했다. 자신의 잘못을 뉘우쳤다. 만고의 충신 이항복이었으나 권신들 때문에 끝내 불러오지 못했다. 이항복과 광해군은 임란 때 분조(分朝)에서 함께 동고동락했었다. 분조는 임진왜란 때 임시로 세운 조정으로, 조정을 둘로 나눈다는 의미이다. 선조의 의주 행재소가 원조정(元朝廷)이고 이에 대한 대칭 개념이 광해군의 소조정(小朝廷)이 분조이다.

해학과 기지로 일생을 풍미했던 백사 이항복은 배소에서 63세의 일기로 세상을 떠났다.

이정구는 그의 기품과 인격을 다음과 같이 칭송했다.

그가 관작에 있기 40년, 누구 한 사람 당색에 물들지 않은 사람이 없을 정도였지만 오직 그만은 초연히 중립을 지켜 공평히 처세하였다. 그렇기 때문에 아무도 그에게서 당색을 찾아볼 수 없을 것이며, 또한 그의 문장은 이러한 기품에서 이루어졌으니 뛰어날 수밖에 없지 않겠는가!

이항복의 자는 자상, 호는 필운, 백사이다. 오성대감으로 널리 알려졌으며 권율 장군의 사위이다. 죽마고우인 이덕형과의 기지와 작희에 얽힌 이야기로 더욱 유명한 인물이다.

어느 날 이항복은 유성룡, 정철 등과 함께 가장 듣기 좋은 아름다운 소리에 대해 이야기를 나누고 있었다.

"선비가 글 읽는 소리."

"달 밝은 밤에 구름이 지나가는 소리."

사람들은 이렇게 말했다.

이항복이 받았다.

"화촉 밝힌 방에서 신부가 치마끈 푸는 소리."

이항복의 재치와 유머는 이러했다.

격식과 체면을 중시했던 조선시대 양반들이다. 양반, 대학자들이 뒤에서는 예사로 이런 우스갯소리를 즐겼다.

박동량의 『기재잡사』에 나오는 이야기이다.

임진왜란이 일어났다.

"동인과 서인의 싸움이 이런 전란을 불렀으니 가슴 아픈 일이오."

누군가가 탄식했다.

화산서원 · 경기도 기념물 제46호. 경기 포천시 가산면 가산로 227-40 (방축리) 소재. 조선 선조 때의 재상인 백사 이항복 선생의 학문과 덕행을 추모하기 위하여 건립한 서원으로 인조 9년(1631) 세워졌다. 숙종 46년(1720)에 국가에서 인정한 사액서원으로 '화산'이라는 이름을 받았다. 홍선대원군의 서원철폐령으로 고종 5년(1868)에 폐쇄되었다가 1971년 지방 유림에서 복원하여 오늘에 이르고 있다. 사진 © 신웅순

이항복이 대답했다.

"동서 사람들은 싸움에 익숙하거늘 어찌 조정에서는 그들에게 왜적을 막으라 하지 않는가?"

이항복은 9세 때 아버지를 여의고 어머니의 슬하에서 자랐다. 한번은 그가 새 저고리를 입었는데 떨어진 옷을 입은 아이가 보고 부러워하여 새 저고리에 신었던 신까지 벗어주었다.

"새 저고리를 어찌 두고 맨발로 돌아왔느냐?"

어머니는 짐짓 노하여 꾸짖었다.

"그 아이가 부러워하는데 차마 아니 주지 못하였습니다."

이항복은 이렇게 어렸을 때부터 의로웠다.

소년 시절에 부랑배로 헛되이 세월을 보낸 적이 있었다. 어머니는 준열하게 책망했다. 이항복은 이후 몸을 고쳐 학업에 열중했다.

1592년 임진왜란 때 왕비를 개성까지 호위했고, 왕자를 평양으로, 선조를 의주까지 호송했다. 이덕형과 함께 명나라에 원병을 청할 것을 건의하기도 했다. 다섯 차례나 병조판서를 역임, 군비를 정비했고 41세에 벼슬이 영의정에 올랐다. 영창대군의 사사와 인목대비 폐모론에 극력 반대, 죽음으로 싸우다 그만 삭탈 관직되어 북청으로 유배되었다. 죽은 해에 관작이 회복되었고 이해 8월 고향 포천에 예장되었다. 그 뒤 포천과 북청에 사당을 세워 제향했고 1659년에는 화산서원이라는 사액을 내렸다.

필운대는 바위 유적으로 이항복의 옛 집터이다. 현 배화여자고등학교 뒤뜰에 있으며 바위에는 '필운대(弼雲臺)' 석각이 새겨져 있다. 이 석각은 백사 이항복의 글씨이다. 필운산은 인왕산의 별칭으로 이항복의

필운대 · 서울특별시 문화재자료 제9호. 서울 종로구 필운동 산1-2번지 소재.

사진 출처 : 문화재청

또 다른 호인 필운은 여기에서 따왔다.

올바른 길을 가는 것은 쉬운 일이 아니다. 때로는 목숨을 걸지 않으면 안 될 때가 있다. 백사 이항복은 그런 사람이었다. 햇빛을 영원히 가릴 수 있는 것은 아무것도 없다. 잠시 구름이 가릴 뿐이다. 죽어서 비로소 산 사람이다.

이안눌 「천지로 장막 삼고…」

1571(선조 4)~1637(인조 15)

천지로 장막 삼고 일월로 등촉 삼아
북해를 휘어다가 주순에 대어두고
남극에 노인성 대하여 늙을 뉘를 모르리라

이안눌(李安訥)은 4,379수라는 방대한 양의 시를 남겨놓았다. 두보의 시를 만 번이나 읽었고 시를 쓸 때 한 자 한 자도 가볍게 여기지 않았다. 당시 시재가 뛰어나 두보 · 이백에 비유하곤 했으며 서예 또한 뛰어났다.

하늘과 땅을 장막으로 해와 달을 등불로 삼아, 북쪽 바닷물을 끌어다 술항아리에 대어놓고, 남극 노인성을 바라보고 있으니 늙을 줄 모르겠다. 천지와 우주를 방으로 생각하고 북해수를 술처럼 마시겠다니, 거기에 노인성까지 대하고 있으니 오래오래 살겠다는 것이다. 배포가 크고 호방한 느낌을 주기는 하나 사실성은 떨어지는 것 같다.

남극 노인성은 남극에 있는 추분 때쯤 남쪽 하늘에 나타나는 별로 사람의 수명을 관장한다고 한다. 이 별이 비치면 천하가 태평하고 왕이나 그 별을 보는 사람이 오래 산다고 한다.

정철의 미인곡을 두고 지은 「문가」와 함께 그의 대표작 칠언율시 「등통군정(登統軍亭)」에는 다음과 같은 구절이 있다.

> 망망한 들판은 하늘에 떠 있는데
> 굽이굽이 흐르는 강은 지형을 찢어놓았네
> 우주 속 백 년의 인생은 개미와 같은데
> 산하 만리의 나라는 물 위에 뜬 부평초 같구나
> 茫茫大野浮天氣 曲曲長江裂地形
> 宇宙百年人似蟻 山河萬里國如萍

의주 용만의 통군정에 올라 만주벌판을 바라보며 읊은 시이다. 앞의 시조와 일맥상통하고 있어 그의 시풍을 함께 엿볼 수 있는 작품이다.

그는 인조 14년(1636) 청백리에 뽑혔으며 어머니에 대한 효심이 깊어 정려를 받기도 했다.

「기가서(寄家書) 2수」는 그의 깊은 효심을 보여주고 있는 작품이다.

> 집에 보낼 편지에 괴로움을 말하고 싶어도
> 흰 머리 어버이 근심이 될까 걱정이 되어
> 그늘진 산에 쌓인 눈의 깊이가 천 장인데
> 금년 겨울은 봄처럼 따뜻하다고 알려드렸네
> 머나먼 변방 산은 길고 길은 험하니
> 변방 사람 서울에 닿을 때면 해도 늦었겠지

봄에 보낸 편지에 가을 날짜 쓴 것은
어버이에게 근래 보낸 편지로 여기시라 함이네
欲作家書說苦辛　恐敎愁殺白頭親
陰山積雪深千丈　却報今冬暖似春
塞遠山長道路難　蕃人入洛歲應闌
春天寄信題秋日　要遣家親作近看

함경도 북평사로 있을 때 집에 편지를 보내면서 지은 시이다. 북방의 벼슬살이가 쉽지 않아 몸이 많이 야위었다. 지난해 집에서 보내준 겨울옷을 해를 넘겨 받았다. 가족들은 변방에서 몸이 야윈 줄도 모르고 예전에 입던 치수의 옷을 보내왔다. 헐겁기가 그지없다. 어버이가 근심할까 봐 이런저런 사정을 편지에 쓸 수가 없다. 그래서 그늘진 산에 쌓인 눈이 천 길인데도, '금년 겨울은 봄처럼 따뜻합니다' 라고 썼다. 보낸 때가 봄인데도 가을 날짜를 적어 보냈다. 근래에 보낸 편지로 여기시라고 그랬다.

임진왜란 당시 좌수영성이 점령당하자 7년간에 걸쳐 유격전을 하다 죽은 평민 25명의 충절을 기리기 위해 그는 그들의 행적을 『정방록』이라는 책으로 정리해 만들었다. 그리고 순절사한 이들의 후손들에게 부역 면제라는 지방 수령 차원의 포상도 함께 내렸다. 지방민들은 이러한 이안눌의 공을 기려 광해군 즉위년(1609) 이안눌 청덕선정비를 세웠다. 비제는 '부사 이공안눌 청덕선정비(府使李公安訥淸德善政碑)' 이다.

임진왜란 후 동래부사로 재임하면서 지은 시 「동래사월십오일」은 당시의 참상을 사실적으로 노래한 절창으로 왜적이 동래에 쳐들어왔을 때 관민이 함께 막으려다 장렬하게 전사한 사연들을 노래하고 있다. 임진왜란으로 왜적에게 점령당한 부산 동래 백성들의 비참한 광경을 읊어 경계로 삼게 한 작품이다.

이른 아침 집집마다 곡소리 들리고
천지가 스산하게 변하고
처량한 바람 숲을 흔드네
깜짝 놀라 늙은 아전에게 물었네
곡소리 어찌 그리 애달프냐고
임진년 바다 건너 도적떼들 처들어와
이날 성이 함락되었습니다
그 당시 송 부사께서는
성문을 닫고 충절을 지켰습니다
온 고을 사람들 성에 몰아넣어
동시에 피로 변했습니다
시신 더미 아래 몸을 던져
백 명 천 명에 한 둘이 살았습니다
그래서 이 날이 되면
제물 차려 죽은 이를 곡한답니다
아버지가 그 아들을 곡하고
아들이 그 아버지를 곡하며
혹은 할아버지가 손자를 곡하고
혹은 손자가 할아버지를 곡하며
또 어미가 딸을 곡하고
또 딸이 어미를 곡하며

이안눌 신도비 · 충남 당진시 정미면 사관리 산 24-3 비석마을 소재. 비문은 김상헌이 짓고 송준길이 글씨를 썼으며 김수항이 두전을 썼다.

사진 ⓒ 신웅순

아내가 남편을 곡하기도 하고
남편이 아내를 곡하기도 하며
형, 동생, 언니, 동생 등
살아 있다면 모두 곡을 한답니다
이마를 찡그리고 듣다가 다 듣지 못하고
눈물이 갑자기 주르륵 흐릅니다
아전이 나서서 하는 말씀
곡하는 이 그래도 슬프지 않소
시퍼런 칼날 아래 모두 죽어서
곡할 사람 없는 이가 대부분이라오

문집으로 『동악집』 26권이 있으며 담양의 구산서원에 향사되었다.

구산서원은 흥선대원군의 서원철폐령 이전에 화재로 전소되었으며 복원하지 못했다. 시호는 문혜이다. 이안눌 청덕선정비가 부산광역시 동래구 금강공원에 있다.

김류 「소상강 긴 대 베어…」

1571(선조 4)~1648(인조 26)

소상강 긴 대 베어 하늘 밋게 비를 매어
폐일부운을 다 쓸어버리고자
시절이 하 수상하니 쓸동말동 하여라

'폐일부운(蔽日浮雲)'은 해를 가리고 있는 뜬구름을 말한다. 소상강가에서 자란 긴 대나무를 베어다가 빗자루를 만들어 해를 가린 뜬구름을 쓸어버리고 싶다고 했다. '뜬구름'은 물론 임금의 총명을 가리는 간신배들을 말한다. 시절이 하 수상하니 쓸까말까 망설인다는 것이다.

대북파 이이첨과 정인홍이 권세를 잡고 있었던 때이다. 자신의 원대한 포부와 열망을 노래하고 있는 시조로 인조 반정을 모의하던 때에 지은 작품으로 생각된다.

순은 만년에 천하 순력길에 올랐는데 창오 지방을 순시하던 중 죽어 구의산에 묻혔다. 오래도록 돌아오지 않자 두 왕비 아황과 여영은 남편 순임금을 찾아 나섰다. 동정호에 이르러 순임금이 죽었다는 소식을 듣

사세충렬문(四世忠烈門) · 경기도 문화재자료 제8호. 경기 안산시 단원구 와동 151번지 소재. 김여물의 후실인 평산 김씨, 아들 김류의 처인 진주 유씨, 손자 김경징의 처 고령 박씨, 증손자 김진표의 처 진주 정씨의 정려이다. 사진 출처 : 문화재청

고 피눈물을 흘리며 소상강에 몸을 던졌다. 이후 이 두 왕비의 단심이 대나무에 물이 들어 얼룩이 졌는데 세인들은 이를 소상반죽(瀟湘斑竹)이라 불렀다. 소상반죽은 정절을 상징하는 단어이다. 소상강 긴 대는 이를 말한다.

당시 대북파의 폐모살제는 서인의 힘을 총집결하게 했고 남인이 이에 호응, 이귀, 최명길, 김류, 이괄 등이 군사를 일으켜 광해군을 폐하고 왕의 조카인 인조를 옹립했다. 인조반정이다. 폐모론을 주장했던 대북파 이이첨, 정인홍 등 수십인이 극형에 처해졌고 나머지는 축출되거나 귀양을 갔다.

김류(金瑬)는 선조 · 광해 · 인조 때의 문신으로 호는 북저이며 본관은 순천으로 송익필의 문인이다. 임란 때 충주 탄금대에서 전사한 순절자 김여물의 아들이다. 26세에 문과에 급제했으며 도체찰제사, 이항복의 종사관, 수찬, 부교리 등을 거쳐 동지사 성절사 등으로 중국에 다녀왔다. 인목대비 폐모론이 일어나자 바로 낙향했으며 시국을 통탄하다가 이귀와 함께 인조반정을 일으켰다. 정사공신 1등, 승평부원군이 되었으며 병조참판을 거쳐 병조판서 겸 대제학이 되었다.

반정 주류들 간의 갈등으로 이괄의 난이 일어나자 병조판서로서 남행하는 인조를 호가하였으며 난이 평정된 뒤 우찬성을 거쳐 이조판서 등을 역임하였다

기골이 비범하고 문무를 겸하였으며 성품이 근엄하고 의지가 굳었다. 병자호란 전후 주화와 척화 사이에서 일관되지 못한 입장을 갖기도 했으며 일을 자기 마음대로 처리해 비판을 받기도 했다. 이듬해 청나라에서 돌아온 소현세자가 죽자 세제인 봉림대군을 왕세자로 책봉할 것을 주장했다. 소현세자의 빈인 강씨의 옥사가 일어나자 이를 반대하다 사직한 이후 다시는 벼슬에 나가지 않았다. 문집에 『북저집』이 있다.

김류의 아내 진주 유씨는 조선 후기의 열녀이다. 병자호란 때 강화도가 함락되자 적에게 욕을 당하느니 죽음으로써 정절을 지키고자 1637년 1월 25일 강화 앞바다에 스스로 몸을 던졌다. 4대에 걸친 고부가 함께 목숨을 끊었다. 진주 유씨를 비롯하여 아버지 김여물의 후실 평산 신씨, 아들 김경징의 부인 고령 박씨 그리고 손자 김진표의 부인 진주 정씨가 그들이다.

조찬한 「빈천을 팔려 하고…」

1572(선조 5)~1631(인조 9)

빈천을 팔려 하고 권문에 들어가니
침 없는 흥정을 뉘 먼저 하자 하리
강산과 풍월을 달라하니 그는 그리 못하리

하도 가난해서 빈천한 처지를 팔려고 권문세가를 찾아갔다. '침' 은 덤이다. 덤이 없는 흥정을 누가 먼저 하겠는가. 그런데 덤 대신 강산과 풍월을 바꾸자고 한다. 그것만은 안 된다고 했다. 빈천을 팔지 못하더라도 강산과 풍월은 줄 수 없다는 것이다. 돈이나 권세와는 바꾸지 않겠다는 것이다. 부귀영화, 권문세가에서 빈천을 살 리가 없다. 덤으로 강산과 풍월을 달라 하니 그들도 강산과 풍월은 가지고 싶었던 모양이다. 빈천할망정 강산, 풍월을 즐기고 있으니 권문세가가 부럽지 않다는 것이다.

정당치 못한 부귀는 정당한 빈천만도 못하다. 강산 풍월을 벗삼아 사는 작자에게 그런 부귀는 한 푼의 값어치도 없으니 빈천할망정 차라리 자연을 즐기며 살겠다는 것이다. 내가 즐기는 강산풍월을 달라 하니 기가 막힐 수밖에 없다. 자연인으로 살아가는 즐거움을 풍자적으로 나타낸 시조이다.

> 천지 몇 번째며 영웅은 누고 누고
> 만고흥망이 수우잠의 꿈이거늘
> 어디서 망령엣 것은 놀지 말라 하느니

천지가 바뀐 것은 몇 번째이며 영웅은 누구 누구이던가. 오랜 세월의 흥망이 잠깐 꿈에 불과한 것을. 어디서 망령된 자들이 놀지 말라고 하느냐? 영웅이니 흥망이니 따져본들 소용이 없다는 것이다. 놀지 말라는, 벼슬하는 존재들은 망령된 사람들이다. 그들이 준 벼슬로 어찌 세월을 보내겠느냐는 것이다. 허무적이고 쾌락적인 태도를 보여주고 있다. 지은이는 세상사가 뜻같이 않아 좌절감에 빠져 이런 시조를 지었을 것이다.

그는 광해군의 정사를 피해 상주 목사로 가는 도중 다음과 같은 시를 썼다.

> 세상 변고를 들으니 마음이 술에 취한 듯하고
> 위험한 시기를 보니 귀밑털이 이미 쑥대밭 같네
> 어찌하면 낙파(洛波)의 무한한 달빛을 얻어
> 벼슬을 그만두고 돌아가서 낚시하는 늙은이가 될까
>
> (『국역 국조인물고』)

의우총 · 경상북도 민속문화재 제106호. 경북 구미시 산동면 인덕리 104-1번지 소재.
사진 ⓒ 신웅순

조찬한(趙纘韓)은 30세에 생원이 되고 35세에 문과에 급제했다. 예조 참의, 동부승지, 상주 목사 등을 역임했고 인조반정 후에는 형조 참의, 선산 부사 등을 지냈다.

특히 시부에 뛰어나 초한육조(楚漢六朝)의 유법(遺法)을 해득했다는 평을 받기도 했다.

> 중국의 문장을 이어받아 화답할 수 있는 능력을 갖춘 우리나라 사람은 명문장가인 현주 조찬한뿐이다. 조찬한의 학문은 옛것을 살펴보지 않은 것이 없었다. 이 때문에 그 문장 역시 옛것을 갖추지 않은 것이 없었다. 위 시대로는 전한과 후한 시대를 딛고 아래로는 위진남북조 시대를 밟고 있으면서도, 공자가 언급한 '사달'의 뜻을 잃지 않았다.
>
> 그래서 사람들이 말하길 문장계를 이끄는 맹주가 되어 깃발을 내걸고 북을 쳐 수많은 선비들의 선두에 설 사람이라고 했다. 그러

나 시대를 잘못 만나 벼슬을 하는 바람에 수십 년 동안 지방을 떠돌아다니는 신세로 지내야 했다. 그럼에도 조찬한은 뜻을 얻든지 잃든지 혹은 기쁨과 슬픔이 찾아오든 나가든 전혀 상관하지 않고 독서에만 온 힘을 쏟았다. 이에 글이 막힘없이 쏟아져 나오고 기이한 표현을 마음대로 부릴 수 있게 되었다.

조찬한의 문장은 찬란한 풍경과 드높은 광채를 지녔고, 그 재간이 크고 뛰어나 아무런 거리낌 없이 자유롭게 끝도 없이 내달리다가도 또 더불어 조화를 이루고 절제할 줄 알았다. 그러다가 가끔 감정을 풍부하게 일으켜 글의 대상과 자신이 한 몸이 되곤 했는데, 생황과 경쇠가 서로 어우러져 소리를 내다 여운을 남기는 듯 아름다웠다.(이식, 『택당집』, 「현주유고 서문」)

경상북도 구미시 산동면 인덕리에 의우총, 충직한 소의 무덤이 있다. 그 앞에 비가 마련되어 있고, 그 뒤로는 화강암에 〈의우도(소의 충직을 그린 그림)〉가 놓여 있다. 여기에는 다음과 같은 이야기가 전한다.

옛날에 문수점(지금의 인덕리)이라는 마을이 있었는데 그곳은 3면이 산이었다. 이 마을에는 김기년이라는 사람이 암소 한 마리를 키우고 있었는데, 어느해 여름 밭을 갈고 있을 때 갑자기 호랑이가 소에게 덤벼들었다. 이 때 김기년이 괭이로 호랑이를 치려 하자 이번엔 호랑이가 김기년에게 덤벼들어 소가 뿔로 호랑이를 여러 번 찔러 도망가게 만들었다. 그러나 20일 후에 상처가 깊어 김기년은 죽었는데, 죽기 전에 가족에게 말하기를 내가 호랑이에게 잡아먹히지 않은 것은 소의 힘이니, 내가 죽은 후 소를 팔지 말고 늙어 죽어도 그 고기를 먹지 말고 반드시 내 무덤 옆에 묻어달라고 했다. 소는 주인이 죽자 그때부터 3일간 먹이도 먹지 않고 울부짖더니 죽고 말았다. 이 놀라운 사실을 마을 사람들이 관에 알려 비석을 세우게 되었다.(문화재청)

의우총의 비석은 조선 인조 8년(1630) 조찬환이 선산 부사로 있을 때 세웠고, 숙종 11년(1685)에 화공이 8폭짜리 〈의우도〉를 남겼다.

말년에는 서도를 즐겨 종왕(종요와 왕희지)의 글씨에 비유되곤 했다. 권필 · 이안눌 · 임숙영 등과 교우하였으며, 후진으로 이경석 · 오숙 · 신천익 등이 있다. 장성 추산서원에 제향되었다. 추산서원은 대원군의 서원철폐령으로 훼철되어 복원되지 못했다. 저서로는 『현주집』이 있다.

홍서봉 「이별하던 날에…」

1572(선조 5)~1645(인조 23)

홍서봉(洪瑞鳳)은 영의정까지 지낸 인물이다. 어려서 아버지를 잃고 엄격한 어머니 슬하에서 자랐다.

아들이 게으름을 피우면 어머니는 회초리로 피 맺히도록 쳤다.

“네가 공부를 못하고 행실이 바르지 못하면 아비 없는 자식이라 하여 사람들이 손가락질할 것이다. 과자배학(寡子倍學, 홀어미 자식은 배로 노력)하지 않으면 안 된다. 어미는 그것을 절대로 용서할 수 없느니라.”

어머니는 언제나 병풍을 치고 글을 가르쳤다. 어떤 사람이 왜 그리 하느냐고 물었다.

“어미는 엄격할 수가 없습니다. 여자이기 때문에 아이가 글을 잘 읽으면 나도 모르게 기쁜 빛이 떠올라 자칫 자만심을 키울 수 있습니다. 그래서 얼굴을 못 보도록 가린 것입니다.”

어머니는 피 묻은 회초리를 비단 보자기에 싸서 장롱 깊이 간직했다.

“이 회초리가 우리 집안의 흥망을 좌우할 것이다. 회초리에는 너의 피뿐만이 아니라 어미의 눈물까지 배어 있느니라. 이를 한 시도 잊어서는 안 된다.”

어머니는 아들을 이렇게 교육시켰다.

세월이 흘러 그가 우의정이 되었을 때 홍서봉은 장롱 속의 회초리를 꺼내 어머니를 그리워하며 슬피 울었다고 한다.

고사성어에 ‘이매독육(理埋毒肉)’ 이라는 말이 있다. 『해동속소학(海東續小學)』에 나오는 말이다.

홍서봉 집안은 하도 가난해 끼니조차 때우기도 힘들었다. 하루는 어머니가 여종에게 고기를 사 오게 했다. 사 온 고기가 모두 상해 있었다.

“상한 고기가 얼마나 남아 있더냐?”

어머니는 머리에 꽂은 비녀를 주면서 말했다.

“이 비녀를 팔아 나머지 상한 고기를 사 오너라.”

여종이 상한 고기를 사 오자 그것을 담장 밑에 묻었다. 다른 사람들이 그 고기를 먹고 병이 날까 걱정이 되었기 때문이었다. 이 소식을 들은 홍서봉이 말했다.

“어머니 마음이 가히 천지신명을 움직여 자손들이 반드시 창성할 것입니다.”

아들은 자신의 말대로 나중에 영의정, 좌의정, 우의정 등 삼정승을 모두 거치며 창성했다.

독이 든 고기를 파묻었다는 뜻으로 이 고사성어가 생겼다. 다른 사람의 피해를 염려하여 그 소지를 미리 없앤다는 뜻이다.

병자호란이 일어났다. 인조는 남한산성으로 피난했다.

“대감은 항복하는 글만 쓰시오? 선대부는 선비들 사이에 명망 있는 분이셨소. 먼저 나를 죽인 후에 이 글을 쓰시오.”

항복문서를 놓고 예조판서 김상헌은 찢고 이조판서 최명길은 주워 붙이고 이를 여러 번 했다.

"찢는 사람도 없어서는 안 되고(裂書者 不可無), 붙이는 사람도 없어서는 안 되오(補習者 不可無). 찢는 것은 대감으로 마땅히 하실 일이나 종사를 위해서는 다시 붙이지 않을 수 없소."

최명길도 통곡했고, 김상헌도 통곡했다. 세자 역시 임금 옆에서 목놓아 울었다.

1637년 1월 27일, 인조는 서문으로 나가 삼전도에서 청나라 황제에게 삼배구고두례(三拜九叩頭禮, 세 번 절하고 아홉 번 머리를 조아리는 것)을 올렸다.

"조선 국왕은 삼가 대청국 관온인성(寬溫仁聖) 황제 폐하께 글을 올립니다. 소방은 대국에 거역하여 스스로 병화를 재촉하였고 고성(孤城)에 몸을 두게 되어 위난은 조석에 닥쳤습니다……."

용골대가 청의 연호를 쓰지 않고 관작도 받지 않는 자가 있다 해서 영의정 홍서봉에게 추궁했다.

홍서봉이 안동에 은퇴해 있던 김상헌의 이름을 댈 수밖에 없었다. 전에 그는 청국의 조병을 반대한 일까지 있었다. 김상헌은 그해 12월 용골대에 의해 심양으로 끌려갔다.

홍서봉은 소현세자가 급사하자 봉림대군의 세자 책봉을 반대하고 세손으로 적통을 잇도록 주장했다. 그러나 끝내 받아들여지지 않았다.

이별하던 날에 피눈물이 난지 만지
압록강 내린 물이 푸른빛이 전혀 없네

배 위에 허여 센 사공이 처음 본다 하더라

위 시조는 병자호란의 「비탄가」이다. 김상헌과의 이별은 참담했다. 이별하던 날에 피눈물이 났지마는 압록강 내린 물은 푸른빛이 전혀 없다고 했다. 얼마나 무기력하고 황망했으면 압록강 푸른 물이 푸르게 보이지 않았을까. 사공은 그런 것을 처음 본다고 했다. 세삼자인 늙은 사공의 입을 빌려 자신의 참담한 심경을 말하게 했다. 정치적 입장이 달라 어쩔 수 없이 친구를 사지로 보내야 했던 홍서봉이었지만 그의 비정한 마음이 「비탄가」에 고스란히 담겨 있다.

홍서봉은 최명길과 함께 사직을 보존하고자 했고 김상헌은 오랑캐에 굴복하기를 거부함으로써 대의를 세우고자 했다. 서로 대척점에 섰으나 방법만 달랐을 뿐 나라 사랑은 하나도 다르지 않았다. 그래서 이 시조는 더욱 비감하다.

가난한 여인이 눈물을 흘리며 베를 짠다
눈보라 몰아치는 밤을 꼬박 새우누나
내일 아침 세금으로 이 베를 주면
한 사람이 간 뒤에 또 한 사람 올 텐데.

홍서봉의 「유감」이라는 시이다. 나아지기는 했으나 서민들의 눈물은 언제나 마를 날이 없었다. 예나 지금이나 서민들의 삶은 크게 달라진 게 없다.

매창 「이화우 흩날릴 제…」

1573(선조 6)~1610(광해군 2)

매창(梅窓)은 부안 기생이다. 얼굴은 빼어나지 않았으나 몸가짐과 행동이 발랐다. 거문고를 잘 탔으며 시문에 능했다. 이에 촌은 유희경이 반했다.

그녀에게는 집적거리는 손님이 많았다.

취한 손 마음 두고 적삼 끌어당겨
끝내는 비단 적삼 찢어놓았네
그까짓 비단옷 아까울 게 없지만
님이 주신 정까지 찢어질까 두려워

이런 재치로 위기를 넘겼다.

유희경이 매창을 처음 만난 것은 임진왜란 직전 1591년쯤이었다.

술좌석은 무르익어갔다. 그녀는 거문고 한 곡조를 뜯었다. 촌은은 무릎을 쳤다.

일찍이 남국의 계랑 이름 들리어
시와 노래로 서울까지 울렸도다
오늘에야 그대 모습 대하고 보니
선녀가 지상에 내려온 것만 같구나

옷고름 매만지며 다소곳 듣고 있던 매창이 다음과 같이 화답했다.

몇 해 동안 비바람 소리를 내었던가
여지껏 지녀온 작은 거문고 하나
외로운 곡조는 타지나 말자더니
끝내 백두음 가락 지어서 타네.

20세의 매창과 50세의 촌은의 사랑은 이렇게 해서 이루어졌다.

임진왜란이 일어났다. 촌은은 국가를 위해 사랑을 버리는 것이 충이라고 생각했다. 그는 상경하여 의병을 모집, 관군을 도왔다.

짧았던 만남이었다.

하룻밤 더 묵어가라는 그녀의 애틋한 간청도 거절했다.

매창은 뼈가 타도록 외로웠다. 그녀는 다정다감한 여인이었다. 그런 여인이었기에 모든 것을 촌은에게 주었다.

상경 후 일자 소식이 없었다.

이화우 흩날릴 제 울며 잡고 이별한 님
추풍낙엽에 저도 나를 생각는지
천 리에 외로운 꿈만 오락가락하더라

이매창 시비 「이화우」 · 전북 부안군 부안읍 성황산 서림공원 소재.

사진 ⓒ 신웅순

촌은에 대한 절절한 그리움을 이렇게 노래했다. 매창은 이후 수절했다. 임은 천 리 밖에 있고 꿈속에서나 오락가락할 뿐, 매창에게 깊은 정을 주고 간 촌은이었다.

15년 만에 매창은 촌은과 재회했다. 그때까지도 그들은 잊지 못하고 서로 그리워했다.

헤어진 뒤 다시 만날 기약이 없어
아득히 먼 곳에 임만 그리오.
언제나 함께 동쪽 달을 볼꺼나
완산에서 취했던 시나 읊조릴 밖에

매창공원의 이매창묘 · 전라북도 기념물 제65호. 전북 부안군 부안읍 서외리 567번지 소재. 매창공원은 조선 시대 송도의 황진이와 비길 만한 문장가로 유명한 부안 명기 이매창을 추모하여 조성한 공원이다. 사진 ⓒ 신웅순

촌은은 전주에서 매창과 함께 노닐었던 때가 생각났다. 함께 달을 언제면 바라볼까. 기약이 없으니 취했던 시나 읊조릴 수밖에 없었다.

이들은 식영정에도 갔다. 식영정은 전라남도 창평에 있는 정자의 이름이다. 송강 정철의 외척 김성원의 정자로 시인 묵객들이 시를 읊조렸던 곳이었다.

무등산 앞에는 식영정이 있거니
못가의 가는 풀들 쓸쓸도 하이
낮은 구름 비를 빚어 밝은 달을 가리니
매창의 하룻밤이 어둡기만 하구나.

춘은은 매창과 식영정에서 노닐던 시절을 회상하며 매창 가의 달빛이 어둡다고 했다.

춘은이 떠난 후 매창은 몸져 누웠다. 매창의 병세는 차도가 없었고 죽음이 목전에 왔음을 예감했다.

독수공방 외로움에 병든 이 몸은
기나긴 사십 년이 길기도 해라
묻노니 인생은 그 얼마나 사는고
가슴속 시름이 맺혀 옷 적시지 않은 날 없네

서른여덟, 재회 삼 년 후 매창은 죽었다. 죽기 전에 춘은을 한 번만이라도 보고 싶어했으나 신분에 누가 될까 알리지 않았다. 숭고한 매창이었다.

자신에게 온 정성을 다 바쳤던 매창. 부음을 들은 춘은의 망연자실, 그는 그녀의 무덤 앞에서 오열을 터트렸다.

맑은 눈 하얀 이에 푸른 눈썹의 계량아
홀연히 뜬 구름 따라 간 곳 아득하다
꽃다운 넋 죽어서 저승으로 갔는가
그 누군가 너의 옥골 고향에 묻어주리
객지의 초상이라 문상객이 다시없고
오로지 경대 남아 옛향기 그윽하다
정미년 간 다행이도 서로 만나 즐겼는데
이제는 슬픈 눈물 옷을 함빡 적시누나.

이제 님은 가고 빈 경대만 남았다. 촌은의 가슴속에다 매창은 영원한 둥지를 틀었다. 촌은은 매창을 잊을 수가 없었다.

거문고를 뜯으며 청아한 일곡으로 눈물과 함께 불렀을 매창을 생각해본다. 그녀의 인품과 품격이 시에 실려와 지금도 연인들의 마음을 설레게 한다. 유달리 정이 많고 고요하면서도 매화처럼 의지가 굳은 여자, 자연을 관조하면서도 님에 대한 연모의 정을 끝없이 노래했던 여자이다. 참으로 지고지순한 사랑이다.

백수회 「해운대 여윈 날에…」

1574(선조 7)~1642(인조 20)

왜적 우두머리가 말했다.

"무릎을 꿇고 항복하라."

"차라리 죽어 이씨의 귀신이 될지언정 견양(犬羊)의 신하는 되지 않겠다(寧爲李氏鬼 不作 犬羊臣)"

완강히 저항했다.

왜적들은 대노했다.

"끓는 가마솥에 던져라"

그는 나체의 몸으로 가마솥에 들어가려고 했다. 신라의 박제상처럼 일본의 신하가 되지 않겠다는 것이다. 왜인 추장이 급히 말렸다. 왜인들은 그의 지절에 그만 감탄하고 말았다.

송담 백수회(白受繪)는 선조 25년 임진왜란 때 약관의 나이로 일본에 포로로 끌려가 9년 만에 귀환했다. 그의 나이 27세였다. 세인들은 그가 머물렀던 양산 가자방리(현 가촌리)를 백의사리(白義士里)라 하여 지금도 그의 지조를 기리고 있다.

해운대 여읜 날에 대마도 돌아들어
눈물 베서고 좌우를 돌아보니 창파만리를 이 어디라 할 게이고
두어라 천심조순(天心順助)하면 사반고국(使返故國) 하리라

어와 하도할샤 이내 분별 하도할샤
남 모르는 근심을 못내 하여 설운지고
언제나 하늘이 이 뜻을 알으셔 사반고국 하려니고

한등 객창에 벗 없이 혼자 앉아
님 생각하면서 좌우를 돌아보니 북해인가 연옥인가 이 어디라 할 게이고
청풍과 명월을 벗삼은 몸이 위국단심을 못내 슬퍼하노라

그의 문집 『송담유사』에 실려 있는 시조이다.

첫 수는 「도대마도가(到對馬島歌)」이다. 중장이 4음보에서 벗어났다.

해운대를 떠나 대마도로 돌아들어 눈물을 흘리며 좌우를 돌아보니 만 리 푸른 바다에 어디라 할 것인가. 아, 천심이 순조롭게 도와준다면 나를 고국으로 돌아가게 하리라.

해운대에서 이별하고 대마도에 도착했다. 설움에 눈물이 흐르고 사방을 둘러보니 만리창파 고국은 아득하기만 하다. 아, 천심이 무심하지 않다면 고국으로 돌아가지 않겠는가.

그는 이렇게 간절히 노래했다.

둘째 수는 일본에 머물렀을 때 지은 단가이다. 아, 많기도 하구나 이내 생각이 많기도 하구나. 남모르는 근심이 말할 수 없이 많아 슬프구

나. 언제나 하늘이 뜻을 알아 고국으로 돌아가게 하려는가.

포로 생활이 오래되면 거기에 정착도 하련마는 그는 오로지 고국으로 돌아갈 생각뿐이다.

셋째 수는 경도에서 안인수라는 사람을 만나 지은 화답시조 「화경도인안인수가(和京都人安仁壽歌)」이다. 객창의 차가운 등불 아래 벗 없이 혼자 앉아 고국을 생각하며 사방을 둘러보니 북풍한설 몰아치는 북해인지, 불길에 휩싸인 연옥인지 여기가 어디라 할 것인가. 청풍명월을 벗삼았지만 조국으로 돌아갈 마음만 있을 뿐 못내 슬프기만 하구나.

가사 「재일본장가(在日本長歌)」는 임진왜란 때 포로로 잡혀 9년 동안 억류되었을 때 고국을 그리워하며 읊은 노래이다. 백수회의 문집인 『송담집(松潭集)』에 실려 전한다. 시조보다는 길고 가사보다는 짧으나 율격적 특성과 진술 방식이 가사와 같다. 임진왜란 때 볼모로 잡혀가 쓴 유일한 가사로 나라를 위한 단심과 부모를 그리워하는 효심을 절절하게 노래한 작품이다. 그 첫머리를 보자.

> 어와 이내 몸이, 일일(一日)도 삼추(三秋)로다.
> 해동 이역(海東異域)을, 이어대라 할 게이고
> 천심(天心)이 부조(不助)하니 만리표림(萬里漂臨)이라……

그의 시조는 병자호란 때 포로로 끌려가며 지은 김상헌의 시조와 비견된다. 김상헌도 의리와 명분 때문에 굴욕적인 항복보다는 죽음을 택하려 했던 인물이다.

백수회는 돌아온 후 14년 동안은 외부와의 교류를 끊고 지냈다. 그러

송담서원 · 시도유형문화재. 경상남도 양산시 물금읍 가촌서2길 14-13. 백수회의 충의를 기리고자 군민과 백씨 문중에서 1714년(숙종 40)에 서원을 세우고 1717년(숙종 43) 사액을 받았다. 백수회의 호를 따 송담으로 이름하였으며 대원군 때에 철폐되었다가 1985년 가을에 중건했다.

사진 출처 : 한국민족문화대백과사전(ⓒ한국학중앙연구원 박해진)

던 중 그가 40세가 되던 해 광해군의 폐모, 즉 인목대비를 폐서인하는 사건이 일어났다.

그는 길에서 폐모를 알리는 통문을 보았다. 보자마자 통곡했다.

"모후 없는 나라가 천하에 어디 있으리오."

그는 통문을 찢어버렸다. 그리고 여러 번 상소를 올리며 이를 맹렬하게 비판했다.

인조반정 후 예빈시참봉 · 자여도찰방을 지냈다. 인조 6년(1628) 상소한 것이 각하되자 벼슬을 버리고 귀향, 후학 교육에 힘썼으며 둔세절교(遁世絕交, 세상을 등지고 교유를 끊음)하고 여생을 보내다 병으로 삶을 마감하였다.

그의 작품으로는 왜군에 포로가 되었을 때 임진왜란을 배경으로 지은 5편의 시조 3수와 가사 1수가 있다.

박인로의 가사들과 함께 임진왜란 시기 가사문학 공백기의 맥을 이어주고 있다. 적지에서 불굴의 우국충정을 노래하고 있어 신라의 신하 박제상, 척화파 김상헌과 비견될 수 있는 인물이다.

사후 호조참의에 추증되고 양산의 송담서원에 제향되었다.

이 시대에 와 한없이 그리워지는 인물이다.

정충신 「공산이 적막한데…」

1576(선조 9)~1636(인조 14)

정충신(鄭忠信)은 1633년 후금과의 단교를 반대하다 당진으로 유배되었다. 다시 장연으로 이배되었고 14년 만에 풀려나 고향으로 돌아왔다. 고향에서 선영을 돌보며 노장을 읽으며 산수를 유람했다.

이런 시를 지었다.

> 외로이 촛불 켜놓은 밤에 책을 재미있게 뒤적이고
> 파릉의 들판에서 무심코 호랑이를 쏘았네
> 불쌍하구나, 늙은 말이 가을이 되자 꿈틀대며
> 마굿간에서 변방을 향하여 슬피 우네

그는 반생을 변방에서 보냈다. 고향에 돌아왔어도 나라 위한 근심은 떨쳐버릴 수가 없었다. 글을 읽는 문사, 호랑이를 쏘는 무사, 천리마라는 자부심 그리고 늙음에 대한 인생무상 등이 뒤섞여 있다.

공산이 적막한테 슬피 우는 저 두견아
촉국 흥망이 어제 오늘 아니거든
지금에 피나게 울어 남의 애를 끊나니

앞의 한시과 맥락이 닿아 있어 고향에 돌아와 있을 때 지었던 것 같다. 변방 수비에 대한 근심을 표현하고 있다.

옛날 촉나라 망제가 나라를 빼앗기고 두견새가 되었다는 전설을 차용, 자신의 처지를 공산이 적막하다고 했고 자신을 두견새에 비유했다. 그 옛날 촉나라 흥망이 어제 오늘 일이 아니라 어느 때라도 일어날 수 있는 일이라고 했다. 청나라의 외교관계를 단절하여 위험이 멀지 않다는 것을 암시한 시조이다.

피나게 운다는 것은 국가의 존망이 눈앞에 와 있음에 다름 아니다. 그런데 아무도 그것을 모르고 있으니 애간장이 끊어질 것 같다는 것이다. 조국에 대한 그의 깊은 충정이 담겨 있다.

청나라와의 단교는 이내 병자호란을 촉발했다.

정충신은 조선 중기의 무신이다. 전라도 나주 출신으로 호는 만운, 쓰시마를 정벌한 고려 명장 정지의 9대 손이다. 어머니가 노비였으므로 노비정묘법에 따라 그도 노비가 되었다.

임진왜란이 일어나자 17세에 권율의 휘하에 들어가 종군하였으며 민첩하고 영리해 권율의 신임을 받았다. 권율의 장계를 가지고 의주에 갔고 이항복의 주선으로 학문을 배우게 되었다. 이항복이 그에게 충신이라는 이름을 지어주었으며 선조 임금은 노비 신분에서 면천시켜주었다. 정충신은 이항복의 집에 머물면서 학문을 익혔고 그해 무과 병과에

금남군 정충신 영정각 · 전라북도 문화재자료 제33호. 전북 장수군 계남면 금곡리 413-4번지 소재. 후손인 정백흥이 순조 11년(1811)에 지었다. 사진 ⓒ 신웅순

급제했다.

정충신은 이항복이 북청 유배지에 도착해 그곳에서 몇 달을 보내다가 별세할 때까지는 물론, 선산에 묻힐 때까지 그의 운구 행렬을 따라 이항복과 함께했다.

1624년 이괄의 난 때 도원수 장만의 휘하에서 전부대장으로 활약하며 이괄군을 황주와 안현에서 대파시켰다. 이 공으로 진무공신 1등으로 책록되었고 금남군에 봉해졌다. 전쟁에서 공을 세움으로써 천민이었던 그는 당당한 공신이 되었으며 당대 제일의 명문 가문이 되었다.

그는 무술에 뛰어났다. 천문 · 지리 · 의학 · 복서에도 밝았으며 청렴하기로도 이름이 높았다. 겸손했고 덕장이라는 칭송을 들었다. 민간에 많은 전설을 남기기도 했다. 나주의 경렬사에 배향되었고 광주의 금남

정충신 사당 진충사 · 충청남도 문화재자료 제206호, 충청남도 서산시 진충사길 103(지곡면, 진충사) 소재. 사진 출처 : 문화재청

로 지명이 바로 그의 이름에서 유래되었다. 정충신은 원래 전라남도 광주 일대에 세거하고 있었다. 문집에 『만운집』, 저서에 스승 이항복의 유배일지를 기록한 『백사북천일록』, 『금남집』 등이 있다. 시호는 이순신 · 김시민과 같이 충무(忠武)이다. 시조 3수가 전한다.

전라북도 장수군 장계면 금곡리에 영정을 모신 금남군 정충신 영정각이 있다. 그리고 충남 서산시 지곡면 대요리에는 정충신 사당 진충사가 있다.

1633년 당진에 유배된 이후 서산 대산에서 은거했는데 지세를 살펴보고 여기에 자신의 묘지를 정했다. 이곳은 이괄의 가문의 땅이었다고 한다. 정충신은 이괄의 난 진압에 공을 세운 후 대요리 일대를 사패지로 받았다. 사패지는 국가나 왕실에 공을 세운 신하에게 왕이 특별히 하사하는 토지를 말한다. 이때부터 금성 정씨들이 서산시 지곡면 대요리 일대에 거주하면서 정착하기 시작했다.

신계영 「창오산 해 진 후에…」

1577(선조 10)~1669(현종 10)

신계영(辛啓榮)의 호는 선석(仙石)이며 시호는 정헌이다. 선조 34년(1601)에 생원이 되었고 부친을 따라 예산으로 이주했다. 광해군 11년(1619)에 문과에 급제, 검열, 주서를 지냈다. 인조 2년(1624)에 통신사 종사관으로 일본에 가 포로 146명을 데리고 왔으며 1637년에는 속환사로 심양에 가 남녀 포로 600여 명을 데리고 왔다. 1639년에는 부빈객으로서 볼모로 잡혀갔던 소현세자를 맞으러 선양에 갔고, 1652년에는 사은부사로 청나라를 다녀왔다.

창오산 해 진 후에 세월이 깊어가니
님 그린 마음이 갈수록 새로워라
우로은 생각하거든 더욱 설워하노라

연군가 3수 중 하나이다. 1655년 벼슬에서 물러나 고향에서 한운야학(閑雲野鶴), 유유자적 여생을 보냈다. 이때 지었던 것으로 생각된다.

'창오산'은 중국 호남성 영원현에 있는 산이다. 순임금이 묘나라를 정벌하려고 남순을 하다 죽은 곳이다. 순임금이 죽자 따라 죽은 두 왕비의 마음을 자신의 연군지정에 비겨 노래했다.

창오산 해 진 후 세월이 깊어가니 님 그리워하는 마음이 갈수록 새로워라. 우로가 식물을 키웠듯, 임금님의 은혜를 생각하니 더욱 서럽구나. 순임금을 따라 두 왕비가 죽었듯 임금에 대한 은혜가 갈수록 더욱 그립다는 것이다.

늙고 병이 드니 백발을 어이하리
소년행락이 어제런 듯하다마는
어디가 이 얼굴 가지고 옛 내로라 하리오

늙고 병이 들어 이 백발을 어이하리. 소년 행락의 즐거움이 어제인 듯한데 어디 이 얼굴을 보고 옛날의 나라고 할 수 있겠는가.

탄로가 3수 중 하나이다. 젊은 시절의 즐거운 모습은 온데간데없다. 성숙이나 존경 등 전통적인 늙음의 가치보다 젊음의 활력이 더 가치가 있다는 것이다. 인간 본연의 모습인 늙음에 대한 체념과 한탄을 솔직하게 노래하고 있다.

봄날이 점점 기니 잔설이 다 녹겠다
매화는 벌써 지고 버들가지 누르렀다
아이야 울 잘 고치고 채전 갈게 하여라

「전원사시가」 10수 중 첫수 봄이다. 춘 · 하 · 추 · 동 사계절을 순서에 따라 2수씩 읊고 제석(除夕)이라 하여 선달 그믐날 밤의 감회를 2수 더 붙였다.

응달에 남았던 잔설이 녹고 매화는 피었다 졌다. 버들가지에 노란 싹이 나왔다. 아이야, 울타리를 고치고 채마밭 갈게 하여라. 철의 변화를 잡아내 해가 순환하는 모습을 실감 있게 그렸다.

신계영의 작품으로는 그 외에 가사 「월선헌십육경가(月仙軒十六景歌)」가 있다. 효종 6년(1655) 2월 79세로 벼슬길에서 물러나 고향으로 돌아왔는데 그해 10월 충남 예산 오리지에서 지은 3 · 4 · 3 · 4조의 123행 246구의 정형가사이다. 이 작품은 신계영이 월선헌(月先軒)을 짓고 한가롭게 살면서 주변의 16개의 자연 경물을 철 따라 아름답게 노래한 전원 가사이다.

가사 「월선헌십육경가」의 끝부분이다.

> 초당(草堂) 연월(煙月)의 시름없이 누워 있어
> 촌주(村酒) 강어(江魚)로 종일취(終日醉)를 원(願)하노라
> 이 몸이 이러구롬도 역군은(亦君恩)이샷다.

초가의 은은한 달빛에 아무 시름 없이 누워 있어 집에서 빚은 술과 강에서 잡은 고기로 종일 취하노라, 이 몸의 이렇게 구는 것도 임금의 은혜로구나.

한가로운 전원생활도 임금의 은혜라고 마무리를 지었다. 「월선헌십육경가」는 그의 문집인 『선석유고(仙石遺稿)』에 수록되어 있다.

구인후 「어전에 실언하고…」

1578(선조 11)~1658(효종 9)

1654년 김홍욱은 사사된 소현세자빈 강씨의 억울함을 풀어줄 것을 상소했다. 효종은 종통에 관련된 문제이니 거론치 말라고 했다. 그 때문에 어느 누구도 이에 대해 말하는 이가 없었다. 그런데 황해 감사 김홍욱이 이 문제를 건드린 것이다.

> 지난달에는 고금에 없이 경성에 큰물이 져서 물에 휩쓸려 죽은 도성 백성이 매우 많고 대궐 안에서 도랑물이 넘쳐 사람이 죽기까지 하였으니 이는 더욱 경악스러운 일입니다. …중략…
>
> 신의 생각으로는 강(姜)의 옥사가 가장 의심스러운 일입니다. 어째서 그렇게 말하느냐 하면, 저주의 변이 경덕궁으로 이어하였을 때 일어났는데 그 당시는 궁중 상하가 화락하고 편안하였으니 강이 무슨 원한이 있어서 그렇게 불측한 큰 역모를 했겠습니까. 만약 그때는 강의 짓이 아니었다고 한다면 궁중에서의 저주가 어떤 일들이기에 아무나의 손에서 행해질 수 있는 것입니까. 신은 여기에 대해서 크게 의심을 하는 바입니다. …(중략)…

> 역적 조는 안에서 날조하고, 역적 자점은 밖에서 조작해내어 견강 부회로 옥사를 일으켜 끝내는 사사의 지경에까지 이르게 하고 온 가문의 노소를 남김없이 주륙하였으니 아, 참혹합니다. 그리고 소현의 두 자식의 죽음도 모두가 자점이 빚어낸 것입니다.(『효종실록』 13권, 효종 5년(1654 갑오/청 순치(順治) 11년) 7월 7일(갑오) 첫 번째 기사)

곤장을 견디지 못한 김홍욱은, 대신과 삼사에게 "어찌하여 할 말을 말하지 않는가" 라고 꾸짖었다. 효종에게 "옛날부터 말한 자를 죽이고도 망하지 않은 나라가 있었습니까? 내가 죽거든 내 눈을 빼내어 도성문에 걸어두면 나라가 망해 가는 것을 보겠습니다" 라고 절규했다.

구인후(具仁垕)가 간했다.

"김홍욱과 사사로운 인연은 없지만 간언했다고 죽이는 것은 성덕에 누가 되옵니다."

김홍욱이 곤장을 맞다가 죽었다. 당초 김홍욱은 항상 강씨의 옥사에 의심스러운 점이 있다고 하여, 평소 다른 사람을 만나면 문득 이것을 이야기했다. 또 그 의심스러운 단서에 대해 소장을 올려 그 원통함을 풀어주려고 한 지 오래였는데 이때에 와 진언했다가 억울하게 죽음을 당한 것이다.

구인후는 바른 말을 하는 신하였다. 김홍욱을 구하려다 그만 관직에서 삭탈당했다.

그는 심회를 시조 한 수로 읊었다.

어전에 실언하고 특명으로 내치시니
이 몸이 갈 데 없어 서호를 찾아가니
밤중만 닻 드는 소리에 연군성(戀君誠)이 새로워라

임금의 비위를 거슬렀지만 충성심은 변함없다고 고백했다. 어전에서 바른 말 한 것은 실언이라고 변명했다. 특명으로 내침을 당해 임금님의 노여움을 샀으니 갈 데가 없어 서호를 찾았다. 서호는 전원생활을 하러 간 곳이 아니라 의지할 데가 없어 찾아간 서쪽의 어느 강가나 갯가였을 것이다. 한밤중 바다에서 배의 닻을 올리는 소리가 들렸다. 이 소리에 구인후는 임금을 향한 정성을 새롭게 다짐했다. 임금에 대한 충성스러운 마음을 노래한 시조이다.

그는 곧바로 복관되어 좌의정에 올랐으며 별다른 기복 없이 정치적 위치를 지키다 81세에 졸했다.

구인후는 김장생의 문인으로 선조 36년(1603) 무과에 급제한 인조의 외종형이다. 인조반정에 참여하여 정사 2등 공신이 되었으며 1627년 정묘호란으로 인조가 강화도로 피난하였을 때는 주사대장이 되어 후금의 군사를 막아 싸웠다. 1636년 병자호란이 일어나자 군사 3,000명을 이끌고 남한산성에 들어가 왕을 호위했다.

김응하 「십 년 갈은 칼이…」

1580(선조 13)~1619(광해군 11)

김응하(金應河)는 선조 광해군 때의 무신이다. 철원 출신으로 고려의 명장 김방경의 후손이다. 25세에 무과에 급제했으나 말직을 전전했다. 병조판서 박승종의 추천으로 선전관에 제수되었으나 권신들의 질시로 파직되었다. 29세에 박승종이 전라도 관찰사가 되자 비장으로 기용되었고 31세에 다시 선전관으로 임명되었다. 영의정 이항복에 의해 경원 판관으로 발탁된 뒤 삼수군수 · 북우후 등을 역임했다.

십 년 갈은 칼이 갑리에 우노매라
관산을 바라보며 때때로 만져보니
장부의 위국공훈을 어느 때에 드리울꼬

그가 변방으로 나간 30대 이후의 작품이다.

'갑리' 는 칼집 속을 뜻하며, '관산' 은 중국 북방 변경에 있는 산으로 여기서는 변방이나 국경을 말한다. 십 년 동안 갈고 닦은 무술을 칼집 속에서 우는 칼로 비유했다. 변방을 바라보며 때때로 칼을 만지면서 그런 날이 오기를 기다리고 있다. 어느 때 장부의 위국공훈을 세울 것인가 하고 자신의 포부를 밝히고 있다.

그에게 그런 날이 왔다.

광해군 10년(1618) 명나라가 조선에 원병을 청했다. 이때 김응하는 평안도 좌조방장, 선천군수로서 부원수 김경서의 조방장으로 있었다. 이듬해 2월 도원수 강홍립을 따라 압록강을 건너 후금 정벌에 나섰다. 유정과 강홍립이 이끄는 조명 연합군은 심하의 부차에서 후금에 대패했다. 강홍립은 기회를 보아 청군에 항복하려 했으나 김응하는 명나라에 대한 의리를 지켜 끝까지 분전했다. 그러나 중과부적으로 전사하고 말았다.

그는 목책을 설치하여 수많은 적의 철기들을 막아냈다. 혼자서 큰 버드나무에 의지하여 큰 활 세 개를 번갈아 쏘아가며 적병을 사살했다. 끝내는 화살이 떨어져 그만 적의 창에 찔려 죽었다. 적병이 그를 '의류장군' 이라 했고 그 버드나무를 장군류라 했다.

『역대유편』은 이렇게 전했다.

> 김장군이 세가 다하여 오래된 버드나무 구멍에 숨었는데 한 오랑캐 병사가 장군을 죽였다. 오랑캐 추장은 '이런 충의의 인물을 죽이다니…' 하면서 도리어 죽인 자를 처형했다.

『연려실기술』은 이렇게 말했다.

> 적병이 뒤에서 창을 던지니 목숨이 끊어졌지만 오히려 칼자루를 놓지 않고 노기가 발발하니 적이 감히 앞에 나서지 못하였다. 오랑캐의 추장이 시신을 묻으려 했는데 공의 시체만은 썩지도 않은 채 칼자루를 쥐고 있었다.

그는 조상인 고려의 김방경 장군처럼 역사에 남을 명장이 되고자 했다. 다른 장수들은 광해군의 밀명대로 청나라에 맞서 목숨을 걸고 싸우려고 하지 않았다. 강홍립과 김경서 등은 군사를 이끌고 후금에 투항했다. 그러나 김응하 장군은 명나라에 대한 명분을 내세워 끝까지 분전, 장렬하게 전사했다. 명나라에서는 그런 그를 요동백에 봉하고 용민관에 차관을 보내어 제사를 지내주었다.

후금과의 전쟁은 애초부터 이길 수 없는 전쟁이었다. 광해군은 이를 뻔히 알고 있었으나 임란에 입은 재조지은 때문에 파병을 하지 않을 수 없었다. 『광해군일기』 1619년 2월 3일조에는 "중국 장수의 말을 그대로 따르지 말고 오직 패하지 않을 방도를 강구하는데 힘쓰라" 라고 쓰여 있다. 광해군의 등거리 외교였다.

광해군은 강홍립에게 중국 장수의 말을 그대로 따르지 말고 정세를 살펴 행동하라는, 패하지 않을 방도만을 찾으라는 밀명을 내렸던 것이다.

이민환의 「책중일록」에는 후금에서는 "우리가 명과는 원한이 있으나, 너희 나라와는 그렇지 않다. 그런데 왜 우리를 치러 왔느냐" 라고 비판하면서도 화약을 맺자고 청했다고 전해지고 있다.

후대 국수였던 유찬홍은 「김응하 장군의 죽음을 슬퍼하며」 라는 시한 수를 남겼다.

죽어서도 오히려 잡은 활을 놓지 않고
노한 눈 부릅떠 충성을 생각케 했네.
그 용맹 참으로 삼군의 으뜸이니
살아서 항복한 두 장군 부끄러워라.
돌아간 날 밤처럼 옛 성에는 달이 밝고
전쟁터 피비린 바람이 가시지 않았기에,
지금도 요하를 지나는 나그네들이
버들 아래에 전사한 영웅을 이야기하네.

월사 이정구(1564~1635)가 명나라 사신으로 가던 중이었다. 장대비가 쏟아졌다. 돌이켜보니 김응하 장군과 2만 관군이 전사한 심하 전투가 끝난 일 년 후가 되는 날, 바로 1620년 3월 4일이었다. 이정구는 김응하의 사당을 지나다 가슴이 울컥하여 세 수의 시를 지었다. 그중의 한 수이다.

압수 머리에 작은 사당 세웠으나
멀리 노니는 넋은 언제 오시려나
오늘 아침 비바람이 강가에 몰아치는데
원한에 찬 물결 위에 검을 짚고 서 있네

병자호란을 당한 후 청나라에 대한 적개심은 우리 민족 모두의 가슴에 타올랐다. 그러한 감정은 김응하를 기리고 추모하는 마음으로 나타

요동백김응하장군묘비 · 강원도 유형문화재 제105호. 강원 철원군 철원읍 금학로425번길 32(화지9리) 소재. 1665년(현종 6) 선천군수 김응하의 절의를 기리기 위하여 세운 사우(祠宇)이다. 1668년 포충사로 사액되었으며, 1871년(고종 8) 대원군에 의한 서원철폐 때에도 존속되었다. 건물은 6 · 25전쟁 때 불타버리고 현재는 김응하 장군 묘비만 남아 있다. 사진 출처 : 문화재청

나 조정에서는 그를 영의정으로 추증했다.

박희현은 심하전투 김응하 장군의 행적과 무공을 담은 「김장군전」을 썼다. 이를 저본으로 하여 국가 차원에서 『충렬록』을 간행했다. 이 책은 심하전투의 전황과 김응하 장군의 영웅적인 삶과 장렬한 최후를 신화적인 인물로 그려내고 있다. 충렬록 간행은 바로 장군의 절의와 밀교의 흔적을 기리기 위한 것이었다. 광해군은 후금에는 실리 외교와 명나라에게는 명분 외교라는 두 장의 히든 카드로 자구책을 마련하지 않을 수 없었던 것이다.

김응하의 시호는 충무이다. 조선 역사상 충무라는 시호를 받은 인물

은 총 9명이다. 충무공이라는 시호는 누란에 빠진 나라를 구하기 위해 목숨을 초개같이 버린 무장들을 일컫는 말이다.

철원의 포충사, 선천의 의열사 등에 배향되었다.

김광욱 「공명도 잊었노라…」

1580(선조 13)~1656(효종 7)

도연명 죽은 후에 또 연명이 나닷 말이
밤마을 옛 이름이 마초아 같을시고
돌아와 수졸전원(守拙田園)이야 긔오내오 다르랴

「율리유곡」의 17수 중 첫수이다.

도연명이 죽은 후에 또 연명(淵明)이 나타났다는 말인가. 밤마을의 옛 이름이 맞춘 듯이 같구나. 돌아와 전원으로 돌아와 분수에 맞게 사는 것이 그와 내가 무엇이 다르랴.

'수졸전원' 은 옹졸함을 지켜 전원으로 돌아오는 분수에 맞는 삶을 말한다. 자신이 도연명을 자처했다.

김광욱(金光煜)는 1615년에도 인목대비 폐모 논의에 끝까지 참여하지 않았다. 그 일로 삭직되어 고양 행주에 10년간 은거했다. 그때 시조 「율리유곡」 17수를 남겼다. 율리(밤마을)는 그가 은거해 살던 마을이다. 도연명이 살던 마을 이름도 율리였는데 「귀거래사」를 지은 도연명과 자신과 다를 바 없다고 노래하고 있다.

「율리유곡」은 첫째 수의 전원으로 돌아온 심정을 시작으로 전원의 소박한 생활, 한가한 흥취, 현실 풍자, 세월의 무상함, 쾌락적 사상, 한가로운 생활 등 다양한 주제를 다루었다.

공명도 잊었노라 부귀도 잊었노라
세상 번우한 일 다 주워 잊었노라
내 몸을 내마저 잊으니 남이 아니 잊으랴

둘째 수이다. 세속적 부귀와 공명도 다 잊고 번뇌와 근심도 다 잊고 자신마저 잊었으니 남도 나를 잊었으리라.

전원에 묻혀 살면 이런 망아의 경지에 이르는 것인가. 남이 나를 기억해주기를 바라는 것이 범부의 심정이다. 이도 부질없는 욕망이다. 그의 부친도 폐모론에 불참했다 해서 광해군의 미움을 사 쫓겨났다. 당시 자신의 심정을 가감없이 드러낸 시조이다.

전원의 소박한 생활을 읊은 시조도 있다.

질가마 좋이 씻고 바위 아래 샘물 길어
팥죽 달게 쑤고 절이 김치 끄어내어
세상에 이 두 맛이야 남이 알까 하노라

다섯째 수이다. 질그릇을 깨끗이 씻고 바위 아래에서 샘물을 길어다가 팥죽을 달게 쑤고 절이 김치를 꺼내어 먹으니 세상에 이 두 맛을 남이 알까 두렵구나.

유유자적, 안분지족, 자연의 양식을 자신의 힘으로 장만하여 먹는 것이 최고의 행복이라는 것이다.

현실을 풍자한 시조도 있다.

> 어화 저 백구야 무슨 수고 하나슨다
> 갈숲으로 바장이며 고기 엿기 하는구나
> 나같이 군마음 없이 잠만 들면 어떠리

여섯째 수이다. 벼슬에 급급한 사람들을 풍자했다. 어와 저 갈매기야, 무슨 수고를 하느냐? 갈대숲으로 오락가락하며 고기를 엿보는구나. 나처럼 딴마음이 없이 잠만 들면 어떻겠느냐.

백구는 벼슬을 엿보는 사람들이고 갈숲은 조정이며 고기는 벼슬이다. 군마음은 세속의 부귀영화이며 잠은 은거생활이다. 군마음 없이 잠이 든다는 것은 벼슬에 대한 생각을 버렸다는 뜻이다.

퇴폐적이고 취락적 태도를 드러낸 시조도 있다.

> 세상 사람들아 다 쓸어 어리더라
> 죽을 줄 알면서 놀 줄란 모르더라
> 우리는 그런 줄 알므로 장일취로 노노라

열두째 시조이다.

세상 사람들아 모두 다 어리석더라. 죽을 줄은 알면서 놀 줄은 모르는구나. 우리는 그런 줄 알므로 날마다 술에 취해 노니노라.

퇴폐적이고 취락적인 태도를 보여주고 있다. 자연 속에서 노는 즐거움을 이렇게 말하고 있다. 인생이 허무하다는 것을 깨닫지 못한 사람들을 경계하고 있다.

그는 1633년 양서관향사로 가 있을 때 가도에 진을 친 후금의 무리한 요구에 맞서 국가 재정 확보에 큰 공을 세운 적이 있었다. 1644년에는 좌승지로 세자빈객이 되어 청에 다녀오기도 했으며 1650년 경기 감사로 있을 때는 수원 부사 변사기의 모반을 적발한 적도 있었다. 송도 유수 · 지중추부사 겸 의금부 부사를 거쳐 의정부 우참찬에 이르렀다.

천성이 단아하고 마음이 곧아 남과 사귀기를 즐기지 않았다고 한다. 글씨에 뛰어나 「인조명정」을 썼으며, 「장릉지장」을 찬했다. 김상용과 더불어 특히 전서를 잘 썼다. 참찬 김광욱은 선원 김상용의 당질이다. 시조 22수가 전하고 있으며 저서로 『죽소집』이 있다.

김육「자네 집에 술 익거든…」

1580(선조 13)~1658(효종 9)

김육(金堉)은 인조 효종 때의 문신이며 실학자이다. 자는 백후, 호는 잠곡이며 본관은 청풍이다. 김식의 고손자이다. 김식은 기묘사화 때 절명시를 남기고 자결했던 기묘팔현의 한 사람이다. 성혼과 이이에게 수학했고 김상용, 김상헌과도 긴밀한 관계를 맺었다.

그는 왜란과 호란의 초유의 국난 시기를 살았던 인물이다. 급박했던 전후 복구에 가장 영향력을 발휘했던 인물 중의 한 사람이다.

광해군 1년(1609)에 청종사오현소(請從祀五賢疏, 김굉필, 정여창, 조광조, 이언적, 이황 등 5인을 문묘에 향사할 것을 건의하는 소)가 문제가 되어 문과 응시 자격을 박탈당했다. 정인홍 등 대북파가 득세하던 시기였다. 그는 1613년 성균관을 떠나 경기도 가평 잠곡 청덕동에 은거했다. 거기에서 10여 년 주경야독하며 농촌의 피폐한 생활상을 직접 목격했다.

자네 집에 술 익거든 부디 날 부르시소
초당에 꽃 피거든 나도 자네 청하옵세

백년 덧 시름없을 일을 의논코자 하노라

〈송하한유도〉 · 그의 초상화가 곁들여져 있으며 명나라의 화가 호병(胡炳)이 그려준 것이다.

출처 : 실학박물관

그는 남들처럼 강호자연의 안빈낙도를 노래하지 않았다. 국가 경영의 원대한 꿈을 노래했다. 이웃에 사는 친구에게 술이 익거든 나를 불러달라 청했다. 초당에 꽃이 피면 나도 자네를 부르겠다는 것이다. 함께 걱정 없는 국가의 백년대계를 논의하자는 것이다. 평생 민생을 위해 일한 그였기에 이 시조는 더욱 애착이 간다.

김육은 1636년 성절사로 명나라 연경에 갔다. 거기에서 병자호란과 인조의 항복 소식을 들었다. 귀국 후 남긴 『조천일기(朝天日記)』는 명나라 조선사절의 마지막 여행기록으로 매우 귀중한 자료이다.

성절사로 갔을 당시 명나라 화가 호병이 그린 그의 초상화 겸 풍경화 〈송하한유도〉가 전하고 있다. 훗날 영조는 이 그림에 김육의 대본 초상에 쓴 숙종의 어제찬을 따라 차운했다. 김육에 대한 흠숭하는 마음을 영조가 〈송하한유도〉의 어제찬으로 남겨놓은 것이다.

윤건을 쓰고 학창의 입고 솔바람 의지하고 서 있는 사람
누구의 상인가? 잠곡 김공이로세.
오래전 대신으로 나라 위해 충성했고
옛사람의 의를 본받아 혼신으로 직분 다하였네.
대동법을 도모한 것 신통하다 할 만하니,
아, 후손들 백대가 지나가도록 흠앙하나이다.

— 잠곡 문정공 소상 어제찬(潛谷文貞公小像英祖御製贊)
(1751년 2월)

김육은 1638년 6월 충청도 관찰사로 부임해 여기에서 처음으로 대동법 시행을 주장했다.

다음은 조선왕조실록 충청 감사 김육이 세금 규정에 대해 치계이다.

선혜청의 대동법은 실로 백성을 구제하는 데 절실합니다. 경기와 강원도에 이미 시행하였으니 본도에 무슨 행하기 어려울 리가 있겠습니까. 신이 도내 결부의 수를 모두 계산해 보건대, 매결마다 각각 면포 1필과 쌀 2말씩 내면 진상하는 공물의 값과 본도의 잡역인 전선, 쇄마 및 관청에 바치는 물건이 모두 그 속에 포함되어도 오히려 남는 것이 수만입니다. 지난날 권반이 감사가 되었을 때에 도내의 수령들과 더불어 이 법을 시행하려고 하다가 하지 못했습니다. 지금 만약 시행하면 백성 한 사람도 괴롭히지 않고 번거롭게 호령도 하지 않으며 면포 1필과 쌀 2말 이외에 다시 징수하는 명목도 없을 것이니, 지금 굶주린 백성을 구제하는 방법은 이보다 좋은 것이 없습니다.(『인조실록』 37권, 인조 16년 9월 27일(병술) 두 번째 기사)

김육대동균역만세불망비 · 경기도 유형문화재 제40호. 경기 평택시 소사동 140-1 소재.

사진 ⓒ 신웅순

그는 관직에 있는 동안 줄곧 대동법 시행으로 민생을 안정시킬 것을 주장했고 또 실천에 옮겼다. 충청도 관찰사 시절 백성의 수탈 방법이었던 공물법을 폐지하고 미포로 대납하는 대동법을 실시했다. 이러한 집념은 자신이 가평 잠곡에서 목격한 백성의 곤궁한 생활상과, 각 지방의 수령 · 감사로 재직했던 경험이 그 뒷받침이 되었다. 대동법은 조선 최고의 조세 개혁이었다. 김육은 이 대동법에 평생을 바쳤다. 대동법이 시행될 당시 "백성들은 밭에서 춤을 추고 개들은 아전을 향해 짖지 않았다"는 말이 떠돌 정도였다.

경기도 평택의 소사에 '김육대동균역만세불망비'(대동법 시행 기념비)가 있고 익산 함열에는 선정비 '김육불망기'가 있다. 충남 아산 신창에는 그의 송덕비인 '김육비'가 있다. 대동법이 얼마나 많은 백성들에게 영향을 끼쳤고 그것이 얼마나 많은 칭송의 대상이 되었는지를 알 수 있다.

김육대동균역만세불망비는 충청 감사로 있을 때 삼남지방에 대동법을 실시하면서 백성들에게 균역하게 한 공로를 잊지 않기 위해 1659년 효종 10년에 세웠다. 비문은 홍문관부제학 이민구가 짓고 의정부우참찬 오준이 글씨를 썼다.

『실록』은 김육을 다음과 같이 평했다.

> 평소에 백성을 잘 다스리는 것을 자신의 임무로 여겼는데 정승이 되자 새로 시행한 것이 많았다. 양호(兩湖)의 대동법은 그가 건의한 것이다. 다만 자신감이 너무 지나쳐서 처음 대동법을 의논할 때 김집과 의견이 맞지 않자 김육이 불만을 품고 상소로 여러 차례에 걸쳐 김집을 공격하니 사람들이 단점으로 여겼다. 그가 죽자 상이 탄식하기를 '어떻게 하면 국사를 담당하여 김육과 같이 확고하여 흔들리지 않는 사람을 얻을 수 있겠는가' 하였다.(『효종실록』 효종 9년(1658) 9월 5일자)

김육 스스로도 "내가 처음부터 끝까지 대동법 이야기만 꺼내니 사람들이 웃을 만도 하다"라고 고백할 정도였다. 그의 대동법에 대한 집념이 얼마나 대단했었는지를 알 수 있다. 그는 대동법에 대한 한 살아 있는 화신이었다.

1654년 6월에 다시 영의정에 오르자 대동법을 확대하고자 「호남대동사목(湖南大同事目)」을 구상했다. 이를 1657년 7월에 효종에게 바쳐 전라도에도 대동법을 실시하도록 건의했다. 이 건의에 대한 찬반의 논의가 진행되는 중에 죽어, 이 사업은 그의 유언에 따라 뒷날 서필원에 의해 이어졌다.

호남의 일에 대해서는 신이 이미 서필원을 추천하여 맡겼는데, 이는 신이 만일 갑자기 죽게되면 하루 아침에 돕는 자가 없어 일이 중도에서 폐지되고 말까 염려되어서입니다. 그가 사은하고 떠날 때 전하께서는 힘쓰도록 격려하여 보내시어 신이 뜻한 대로 마치도록 하소서. 신이 아뢰고 싶은 것은 이뿐만이 아닙니다만 병이 위급하고 정신이 어지러워 대략 만 분의 1만 들어 말씀드렸습니다. 황송함을 금하지 못하겠습니다.… (『효종실록』 20권, 효종 9년, 1658년 9월 5일자)

김육은 대동법의 대명사이다. 그리고 그는 청렴했다.

대동법 외에도 상평통보의 주조, 마차 및 수차의 제조와 보급, 새로운 역법 시헌력(時憲曆)의 사용 등 혁신적인 제도개혁을 주장했다. 운명의 순간까지도 전라도 대동법안을 유언으로 상소할 만큼 대동법에 대한 강한 의지와 집념을 보였다.

숙종 30년(1704)에는 가평의 선비들이 건립한 잠곡서원에 독향되었다. 시호는 문정(文貞)이다.

남선 「죽어 옳은 줄을…」

1582(선조 15)~1654(효종 5)

죽어 옳은 줄을 내거든 모를손가
물 모금 마시고 아무러나 사는 뜻은
늙으신 저 하늘 믿자고 나중 보려 하노라

남선은 25세에 진사가 되었으나 광해군의 난정으로 벼슬을 단념하고 용인에 우거했다. 이때 지은 시조가 아닌가 생각된다.

죽어야 옳은 줄 낸들 왜 모르겠는가. 물 한 모금 마시면서 아무렇게나 사는 뜻은 늙으신 저 하늘 믿고 나중에 결과를 보고자 함이었다.

그는 학자가 아니었다. 학문하면서 전원에서 살아가는 것은 그에게는 별 의미가 없었다. 광해군 폭정 아래 시골에 파묻혀 사는 것은 그에게는 차라리 죽음만도 못한 것이었다. 그래도 살아야 한다는 것은 언젠가는 광해의 난정이 끝날 것이라는 희망 때문이었다.

유구한 인간사를 지켜보는 것은 하늘이다. 하늘의 도리, 사필귀정이라는 말도 있지 않은가. 그 신념 하나로 나날을 버티고 있다는 것이다.

늙은 하늘을 믿는다는 것으로 모든 것을 대신하고 있다.

인조반정이 일어나자 그는 바로 벼슬길로 나갔다. 여러 지방관을 거치며 행정 수완을 발휘해 많은 선정을 베풀었다.

남선(南銑)은 인조 효종 때의 문신으로 자는 택지, 호는 회곡이다. 정묘호란이 일어나자 강화에 호종하여 사복판관, 고산현감을 지냈다. 48살에 별사 문과에 급제, 정언 지평을 거쳐 안악군수가 되었다.

장유의 『계곡집』 권 25에 「안악 군수로 부임하는 남택지를 전송하며」라는 송별시가 있다. 안악은 양산의 옛이름이다.

> 택지가 양산으로 좌천되어 내려갈 때 내가 송별시를 지었는데, 오 년의 세월이 지난 뒤에 관찰사로 껑충 뛰어오르면서 그대로 본도를 맡게 되었다. 비상한 은총을 입고 발탁됨에 친지와 고구들이 서로 축하해주었는데, 이에 나도 마침내 앞 사람의 운을 써서 길 떠나는 선물로 시를 지어 주었다.

백성의 신망 두터운 순량한 인물
임금의 편애 받고 일약 발탁되어
양 깃발 앞세우고 고을 원님 부임해서
해변 가 머물렀던 다섯 해 동안
영천 태수처럼 비상한 정사 베풀었고
동향이라 숙세의 인연 또한 있는 듯
얼키고 설킨 일 칼을 잡고서
기막힌 솜씨로 제자리 잡게 하였도다
공명을 이루려면 제때에 맞아야지

잇따라 껑충 뛰어 옮겨졌나니
큰 집 지으려고 재목 구할 때
키 큰 교목을 어찌 행여 빠뜨리랴
천리마처럼 먼 길 치달리고
붕새와 같이 하늘 끝 오르리니
안악으로 떠날 그 당시에
객수를 술로 달래던 때완 다르리

(이상현 역, 한국역사정보통합시스템)

1633년 해주 목사에 초배되었다. 안악의 노소들이 길을 막고 울면서 조정에 원납미 1천 석을 바칠 테니 1년만 더 유임시켜달라고 했다. 끝내 허락을 받지 못했다. 이렇게 그는 지방관직을 지내면서 바르게 일을 처리하며, 선정을 베풀어 부임하는 곳마다 송덕비가 세워졌다.

그가 평양 감사에 오르면서 임금께 속환을 주청, 남녀 귀천을 가리지 않고 청의 적진에 출입해 수천여 인을 속환시킨 일도 있다. 세자를 구련성까지 배웅해드리고 비분한 생각에 혼자 과하게 술을 마셔 병까지 얻었다. 그런데도 공과 사이가 좋지 않은 자가 있어 술만 마시며 임무를 포기하고 있다고 해 탄핵받아 낙향하기도 했다.

시호는 정민이다.

나위소 「어버이 나하셔날…」

1583(선조 16)~1667(현종 8)

나위소(羅緯素)는 나주 출신으로 호는 송암이다. 그는 1627년 정묘호란이 일어나자, 옥과 현감으로 체찰사 이원익을 도와 군량 조달에 힘썼다. 풍기 군수, 원주 목사 등을 거쳐 경주 부윤을 끝으로 70세가 되어 오랜 관직에서 물러났다. 효종 2년(1651)에 향리인 나주로 돌아와 수운정을 짓고 85세로 세상을 떠날 때까지 유유자적, 한가한 만년을 보냈다. 이때에 지은 작품이 「강호구가」이다.

어버이 낳으셔날 임금이 먹이시니
낳은 덕(德) 먹인 은(恩)을 다 갚으랴 하였더니
숙연히 칠십이 넘으니 할 일 없어 하노라

「강호구가」 아홉 수 중 첫째수이다.

어버이 낳으시고 임금이 먹이시니 낳은 덕 먹인 은혜 다 갚고자 하였으나 어느덧 칠십이 넘으니 할 일이 없다. 어버이와 임금의 은혜를 노래하고 있다.

> 달 밝고 바람 자니 물결이 비단일다
> 단정(短艇)을 빗기 놓아 오락가락 하는 흥을
> 백구야 하 즐겨 말고려 세상 알까 하노라

다섯째 수이다.

달 밝고 바람이 자니 물결이 비단 같구나. 조각배 비스듬히 띄워놓아 오며 가며 돋는 흥을, 백구야 너무 즐거워하지 마라. 세상이 이런 즐거움을 알까 걱정이 되는구나. 달 밝은 밤, 물 위에 배를 띄워 즐기는 유유자적한 강호의 한가로운 삶을 노래하고 있다.

그는 같은 남인이면서 5년 연하인 윤선도와 교분이 깊었다. 그런 점에서 그의 「강호구가」는 윤선도의 「어부사시사」과 비견될 수 있는 작품이기도 하다.

> 식록(食祿)을 그친 후로 어조(漁釣)를 생애하니
> 헴 없는 아해들은 괴롭다 하건마난
> 두어라 강호한적(江湖閑寂)이 이 내 분인가 하노라

마지막 아홉째 수이다.

벼슬살이를 그만두고 물고기를 낚으며 살아가니 생각이 없는 아이들은 어부의 생활이 괴롭겠다고 한다. 두어라 자연에서 한가롭게 지내는 것이 내 분수인가 한다. 벼슬을 그만두고 낚시로 소일하는 강호한적을 노래하고 있다.

나위소 신도비 · 향토문화유산 제14호. 전라남도 나주시 삼영동 산 57-1 소재. 사진 ⓒ 차상훈

이 시조는 한가한 자연생활에서 느끼는 흥취와 성은의 고마움이 주 내용으로 되어 있다.

전라남도 나주시 삼영동 영산강 체육공원 인근 언덕에 그의 신도비가 있다. 비문은 미수 허목이 지었고, 글씨 또한 허목이 썼다고 한다. 다음은 허목이 지은 나위소 신도비문 일부이다. 당시의 수운정 주변 풍경을 알 수 있는 자료이다.

공의 나이 70이 되자 탄식하기를 “내 나이 이미 늙었고 관직 또한 쉴 때가 되었다.” 하고는 마침내 고향으로 돌아와 금호 가에 정자를 짓고 그 이름을 수운정이라 하니, 선영 아래에 있었다.

그곳엔 무성한 소나무와 긴 대나무 밭이 있고 긴 강에는 모래톱이 넓게 펼쳐져 있으며, 그 바깥의 언덕배기엔 여기저기 고목들이 서 있고 그 사이로 안개가 상하 백 리에 걸쳐 뻗어 있다. 공은 날마다 그곳에서 노닐며 즐거움을 만끽하고 지냈다.

(https://blog.naver.com/antlsguraud/221345469314)

「강호구가」는 이런 수운정의 강호생활에서 느끼는 물외한정의 만년 삶을 노래했다. 강호가도 계열에 속하는 작품으로 『나씨가승(羅氏家乘)』에 수록되어 전한다. 내용상으로는 「어부사시사」와, 형식상으로는 「도산십이곡」, 「고산구곡가」와 비견해 볼 수 있는 같은 계열의 작품이다.

귀농하는 사람들이 늘고 있다. 복잡한 도시 생활에서 떠나 유유자적 욕심없이 살고 싶어 하는 것이 현대인들의 로망이다. 한 번쯤 곱씹어 새겨둘 만한 시조이다.

홍익한 「수양산 내린 물이…」

1586(선조 19)~1637(인조 15)

홍익한(洪翼漢)은 오달제, 윤집과 함께 병자 삼학사의 한 사람이다. 병자호란이 일어나자 최명길의 화의론을 극력 반대하다 청나라에 잡혀가 죽었다.

그는 1636년 후금이 사신을 보내오자, 칭제건원의 죄를 문책하고 후금 사신들을 죽여 모욕을 씻자고 상소했다.

상소문 일부이다.

> 신이 들으니, 지금 용호가 온 것은 바로 금한을 황제라 칭하는 일 때문이라고 합니다. 신이 태어난 처음부터 다만 대명의 천자가 있다고만 들었을 뿐이었는데, 이런 말이 어찌하여 들린단 말입니까. 정묘년 초에 적신 강홍립이 도적을 이끌고 갑자기 쳐들어와서 승여(乘輿)가 피난하였습니다. 이에 화친을 애걸하는 일이 비록 부득이한 데서 나온 것이라고 할지라도, 한결같이 꺾이고 무너져서 이와 같은 지경에 이르렀으니, 통탄스러움을 금치못하겠습니다. 참으로 그 때 먼저 홍립의 머리를 효시하여 우선 임금과 신하의 분

> 의를 밝힌 다음에 교린의 도를 강구하고 형제의 의를 약속했다면, 오랑캐들이 비록 승냥이나 이리와 같은 마음을 가지고 있을지라도 어찌 감동하는 마음이 없었겠습니까. …(중략)…
>
> 간곡히 바라건대 전하께서는 스스로 힘써 분발하고 큰 용기를 더욱 떨쳐서 빨리 관(館)에 있는 노사(虜使)를 잡아다 큰길에 늘어놓고 분명하게 천하의 주멸(誅滅)를 가하소서. 만일 신의 말을 망령되어 쓸 수 없다고 여기신다면, 신의 머리를 참하여 오랑캐에게 사과하소서."(『인조실록』, 인조 32권, 14년 2월 21일)

홍익한은 두 번 결혼했다. 전처 구씨에게서 아들 수원과 딸 한 명을, 후처인 허씨에게서는 아들 수인과 두 딸을 얻었다.

1636년 인조 14년 12월 청태종이 10만 대군을 이끌고 조선을 침입해 왔다. 병자호란이다.

후처 허씨가 적을 만나자 전처 소생의 아들 수원이 몸으로 막다가 칼에 맞아 죽었다. 허씨는 강물에 몸을 던져 자살했고, 며느리 이씨는 스스로 목을 찔러 자결했다. 아들 수인 역시 강화도 마니산에서 피살당했다. 출가한 딸을 제외하고 모두가 죽어 일가가 전멸했다. 이 난으로 두 아들과 사위가 적에게 죽임을 당했고 아내와 며느리도 적에게 붙들리자 자결했다. 이 난으로 늙은 어머니와 딸 하나만이 살아남았다.

> 수양산 내린 물이 이제의 원루 되어
> 주야불식하고 여흘여흘 우는 뜻은
> 지금에 위국충정을 못내 슬퍼하노라

수양산에 내린 물이 이제의 눈물이 되어 그들의 눈물이 밤낮을 쉬지 않고 흐르는 것은 지금의 위국충정을 못내 슬퍼한다는 뜻이다. 홍익한의 강인한 면모가 잘 드러난 시조이다.

자신의 명분론을 주야로 쉬지 않고 흐르는 수양산의 물에 비유했다. 나라의 체면을 세우지 못하고 존명의리를 밝히지 못해 슬프다고 토로했다. 백이숙제의 뜻을 이루지 못하고 있음을 한탄하고 있는 것이다.

송시열은 『삼학사전』에서 "일월의 밝음이여, 산악의 높음이여, 그 누가 그와 더불어 높고 밝으랴! 오직 화포공의 절개뿐이로다."라고 했다.

그는 화친을 배척한 사람의 우두머리로 지목되어 오달제 · 윤집과 함께 청나라로 잡혀가 거기에서 죽임을 당했다.

> 주욕신사라 하니 내 먼저 죽어져서
> 혼귀고국함이 나의 원이러니
> 어즈버 호진이 폐일함을 차마 어이 보리오

청나라에 잡혀가서 지은 시조이다.

'주욕신사(主辱臣死)'는 주군이 욕을 당하면 신하는 죽음으로써 그에 보답해야 한다는 뜻이고 '혼귀고국(魂歸故國)'은 넋이나마 고국으로 돌아감을 뜻한다. '호진(胡塵)'은 오랑캐의 병마에 의하여 일어나는 흙먼지를 말하며 '폐일(蔽日)'은 햇빛을 가리는 것을 말한다.

임금이 치욕을 당하면 신하는 마땅히 죽어야 한다면서 자신이 먼저 죽겠다고 했다. 그리고 혼이라도 고국에 돌아가는 것이 소원이라고 했다. 아, 오랑캐의 먼지가 해를 가리고 있으니 차마 이를 못 보겠다는 것

현절사 · 경기도 유형문화재 제4호. 경기 광주시 중부면 남한산성로 732-42 소재. 1688년(숙종 14) 병자호란의 3학사 윤집 · 오달제 · 홍익한의 넋을 위로하고 충절을 기리기 위하여 세운 사우이다. 사진 출처 : 문화재청

이다. 존명배청의 정신, 절대로 오랑캐 나라에는 굴복하지 않겠다는 것이다.

그는 그곳에서 청장 용골대에게 "작년 봄에 네가 우리나라에 왔을 때 소를 올려 너의 머리를 베자고 청한 것은 나 한 사람뿐이다."라고 했다. 그는 갖은 협박과 유혹에도 끝내 굽히지 않았다.

조정에서 이들의 충절을 기려 홍익한에게는 충정(忠正), 윤집에게는 충정(忠貞), 오달제에게는 충렬(忠烈)이라는 시호를 내리고 모두 영의정을 추증하였다. 홍익한은 광주의 현절사, 강화의 충렬사, 평택의 포의사, 홍산의 창렬서원, 부안의 도동서원, 영천의 장암서원, 고령의 운천서원, 평양의 서산서원 등에 제향되었다. 저서로 『화포집』『북행록』『서정록』이 있다.

창렬사 · 충청남도 기념물 제22호. 충남 부여군 구룡면 금사남로 78(금사리) 소재. 윤집 · 오달제 · 홍익한의 위패를 봉안한 사당. 사진 출처 : 문화재청

『북행록』은 왕명을 받은 증산현령 변대중에게 구금당해 평양으로 압송, 심양으로 호송하기까지 기록한 것으로, 굶주림에 시달리는 엄동설한의 애로역정과 파란만장의 그의 인생역정을 엿볼 수 있는 인물사 연구에 좋은 자료이다.

척화파와 주화파, 명분과 실리. 이상적인 사회는 어디서 찾아야 하는 것인가. 어려운 선택을 해야 할 때가 있다. 지금도 당시와 하나도 다르지 않다. 국력을 키워야 하는 이유이다.

오준 「살아서 먹던 술을…」

1587(선조 20)~1666(현종 7)

살아서 먹던 술을 죽은 후에 내 알더냐
팔진미 천일주를 가득 벌여 놓았은들
공산에 긴 잠든 후는 다 허산가 하노라

술은 살았을 때 즐겨야지 죽은 후는 무슨 필요가 있겠는가. 산해진미, 천일주를 가득 벌여놓은들 죽고 나면 무슨 소용이 있겠느냐는 것이다. 팔진미는 중국의 진귀한 여덟 가지 음식을, 천일주는 천 일 동안 빚어 만든 술을 말한다. 살아 있을 때 술을 즐기자는 현실적이고도 쾌락적인 그의 사고를 엿볼 수 있다.

실록에 실린 그의 졸기 기사이다.

> 판중추부사 오준이 죽었다. 오준이 글씨를 잘 써서 조정의 길사나 흉사의 책문을 많이 썼기 때문에 높은 관직에 이르렀다. 그러나 성질이 유하여, 그의 조카 오정일 무리가 한 짓을 늘 미워하였고

사나운 처에게 미혹되어 형제 간에 화목하게 지내지 못하였으며, 관직에 있으면서 뇌물을 받았다는 비난을 받았으므로 사람들이 모두 비루하게 여겼다.(『현종개수실록』 16권, 현종 7년 9월 17일, 갑오 두 번째 기사)

사관의 가혹한 평이기는 하나 어느 정도 그의 성품을 짐작할 수 있는 자료이다. 이런 시조를 남긴 것도 집안의 걱정거리들에서 술로라도 벗어나고 싶었던 것이 아니었을까.

오준은 광해군 · 인조 · 효종 · 현종 때의 문신, 서예가로 호는 죽남이다. 광해군 10년(1618) 증광문과에 급제, 주서에 등용되었고 이어 지평 · 장령 · 필선 · 수찬 등을 역임하였다. 1648년에는 동지사 겸 정조성절사로 청나라에 다녀왔으며 1650년에는 예조판서로 지춘추관사가 되어 『인조실록』을 편찬했다. 이후 형조판서 · 대사헌 · 우빈객을 거쳐 1660년 좌참찬, 이어 중추부판사가 되었다.

문장에 능하고 글씨를 잘 써서 왕가의 길흉책문과 삼전도비의 비문을 비롯 수많은 공사의 비명을 썼다. 특히 오준은 왕희지체를 따라 단아한 모양의 해서를 잘 썼다.

1637년 1월 30일 삼전도에서 항복 의식이 거행되었다. 온 백성들은 땅을 치며 통곡했다.

“상감마마, 상감마마 함께 죽어지이다. 함께 죽어지이다.”

임금의 어가가 닿는 곳마다 백성들은 가지 말라고 길을 막았다.

인조 임금은 남색 융복 차림으로 세자와 함께 삼전도로 걸어갔다. 아홉 층계 계단을 쌓은 수항단엔 황색 장막이 설치되어 있었다.

드디어 홍타이지의 명령이 떨어졌다.

“조선 국왕은 계하에서 삼배구고두케 하라.”

강화도에서 끌려온 왕과 대신들도 똑같은 예를 올렸다.

‘삼배구고두례’는 여진족의 풍습으로 한 번씩 절할 때마다 땅에 이마를 세 번씩 찧는, 세 번 절하고 머리를 아홉 번 찧는 예이다.

형제의 맹약에서 군신의 의로 바뀌는 치욕의 순간이었다. 이로써 이 병자국치는 경술국치와 함께 조선 2대 국치 중의 하나가 되었다.

왕세자 소현세자, 봉림대군, 빈궁이 심양으로 끌려갔고 척화 삼학사인 홍익한, 윤집, 오달제는 거기에서 참형을 당했다.

삼전도비는 치욕비이며 청나라의 전승비이다. 비문에는 청나라의 조선의 출병 이유, 조선의 항복 사실, 청태종의 피해 없는 회군 등의 내용이 기록되어 있다. 비석 앞면의 왼쪽에는 몽골 글자, 오른쪽에는 만주 글자, 뒷면에는 한자로 쓰여져 있다.

삼전도비문 일부이다.

> 하늘이 서리와 이슬을 내려 죽이고 기르는데,
> 오직 황제께서 이를 본받아 위엄과 덕을 함께 펴시네.
> 황제께서 동쪽으로 정벌하심에 그 군사는 10만이요,
> 은은한 수레소리 호랑이 같고 표범과 같네.
> 서쪽 변방의 터럭하나 없는 벌판과 북쪽 부락의 사람들에 이르기까지,
> 창 들고 앞서 진격하니 그 위세 혁혁하도다.
> 황제께서 크게 인자하심으로 은혜로운 말씀 내리시니,

10줄의 밝은 회답 엄하고도 따뜻하였네.
처음에는 미혹되어 알지 못하고 스스로 근심을 끼쳤지만,
황제의 밝은 명령이 있어 비로소 깨달았네.
우리 임금 이에 복종하고 함께 이끌고 귀복하니,
단지 위세가 무서워서가 아니라 그 덕에 의지함일세.
황제께서 이를 가납하시어 은택과 예우가 넉넉하니,
얼굴빛을 고치고 웃으며 병장기를 거두었네.
무엇을 주셨던고, 준마와 가벼운 갖옷,
도회의 남녀들이 노래하고 칭송하네.
우리 임금이 서울로 돌아가신 것은 황제의 선물이요,
황제께서 군대를 돌이키니 백성들이 살아났네.
유랑하고 헤어진 이들 불쌍히 여겨 농사에 힘쓰게 하시고,
금구의 제도 옛날과 같고 비취빛 제단은 더욱 새로우니
마른 뼈에 다시 살이 붙고 언 풀뿌리에 봄이 돌아온 듯하네.
커다란 강가에 솟은 비 우뚝하니,
만년토록 삼한은 황제의 덕을 이어가리.

가선대부 예조참판 겸 동지의금부사 신 여이징이 왕명을 받들어 전액을 씀.

자헌대부 한성부판윤 신 오준이 왕명을 받들어 씀.

자헌대부 이조판서 겸 홍문관대제학 예문관대제학 지성균관사 신 이경석이 왕명을 받들어 지음.

숭덕 4년(인조 17년, 1639년) 12월 초 8일에 세움

(출처 : 한국금석문 종합영상정보시스템, 해석 : 이우태)

삼전도비 · 사적 제101호. 서울특별시 송파구 잠실동 47 소재. 인조가 남한산성에서 내려와 청 태종에게 항복한 사실을 기록한 비로, 우리나라에는 유일하게 비신의 앞뒷면에 몽골, 만주, 한자 이렇게 3개국 문자가 새겨져 있다. 현재 비신을 받치고 있는 거북받침은 근래 비를 다시 세울 때 새로 만든 것이며, 뒤에 보이는 거북받침이 원래의 것이다. 사진 출처 : 문화재청

삼전도비의 정식명칭은 삼전도청태종공덕비(三田渡淸太宗功德碑)이다. 조선시대 병자호란으로 1639년 인조임금이 남한산성에서 45일간 항쟁하다 결국 청나라 군대의 본영인 삼전도로 나와 항복한 뒤 세운 청 태종의 공덕비이다.

강압에 의해 비를 마련할 당시 굴욕적인 비문을 쓰고자 하는 신하가 없어 결국 이조판서 이경석이 글을 짓고 글씨는 당대의 명필로 알려진 오준이 그리고 비문의 이름은 여이징이 썼다. 이 세 사람 가운데 글씨를 쓴 오준은 치욕을 참지 못해 자신의 오른손을 돌로 짓이겨 못 쓰게 만들고는 벼슬도 버린 채 다시는 글을 쓰지 않

았다고 한다. (삼전나루 터 「문화콘텐츠닷컴, 문화원형 백과 서울 문화재 기념표석들의 스토리텔링 개발」, 2010, 한국콘텐츠진흥원)

오세창이 편집한 『근역서화징』에는 "오준이 글씨를 잘 쓰고 문장에도 능해 삼전도비의 글씨를 썼으나 그로 인해 한을 품고 죽었다." 라고 적혀 있다.

오준은 이 글씨 하나로 만대에 커다란 오점을 남겼다.

삼전도비 원래의 위치는 경기도 광주군 중대면 송파리 187번지로 지금의 롯데월드 매직아일랜드 부근 호수이다. 1895년 청일전쟁에서 청나라가 패하자 신도비는 강물에 수장되었고 1913년에 일제에 의해 다시 세워졌다. 1945년 광복 직후에는 주민들이 땅속에 묻었고 1963년에 대홍수로 그 모습이 다시 드러났다. 여러 차례 이전을 거듭한 후 1983년에 전두환 대통령의 지시로 송파구 석촌동 289-3번지로 옮겨졌다. 지금은 원래의 위치에서 30여 미터 떨어진 송파구 잠실동 47번지의 석촌호수 서호 언덕에 세워져 있다.

오준의 저서로는 시문집인 『죽남당집』이 있으며 아산의 '충무공이순신비', 구례의 '화엄사벽암대사비', 회양의 '허백당명조대사비' · '이판이현영묘비', 광주의 '의창군광묘비', 일본 일광산의 '일광산조선등로명', 안성의 '대동균역만세불망비', 죽산 칠장사의 '벽응대사비' 등 그의 비문 글씨가 남아 있다.

윤선도 「내 벗이 몇이나 하니…」

1587(선조 20)~1671(현종 12)

슬프나 즐거오나 옳다 하나 외다 하나
내 몸의 하올 일만 닦고 닦을 뿐이언정
그 밖의 여남은 일이야 분별할 줄 있으랴

추성 진호루 밖에 울어 녜는 저 시내야
무엇 하리라 주야에 흐르는가
님 향한 내 뜻을 좇아 그칠 뉘를 모르나다

고산 윤선도(尹善道)는 1616년 성균관 유생으로 병진소를 올렸다. 광해군 폭정하의 정치 난맥상을 과감하게 파헤친 것이다. 이 일로 함경도 경원으로 유배를 당했다. 그의 정치는 이렇게 유배로부터 시작되었다.

위의 작품은 그곳에서 지은 「견회요」 5수 중 첫째, 셋째 수이다. 「견회요」는 마음을 달랜다는 노래로 의지, 호소, 그리움, 충성심 등을 읊고 있다.

첫째 수는 슬프거나 즐겁거나, 옳다거나 그르다거나 자신의 일을 갈고 닦을 뿐 그 밖의 결과에 대해서는 생각하지 않는다는 의미이다. 자신의 신념대로 살아가겠다는 의지를 피력하고 있다.

셋째 수는 진호루 밖을 흐르는 시냇물에 의탁해 자신의 애국심을 노래했다.

추성 진호루 밖의 울면서 흐르는 시냇물아. 무엇하러 밤낮 그치지도 않고 끝없이 눈물을 흘리며 흐르느냐. 임금을 향한 나의 마음도 시냇물처럼 그칠 줄을 모르겠다. 추성은 경원의 다른 이름이며 진호루는 경원에 있는 누각이다. 흐르는 물에 빗대어 임금에 대한 그리움을 절절하게 토로하고 있다. 임금에 대한 변함없는 충성심을 노래하고 있다.

이듬해 그는 경상도 기장으로 이배되었다가 1623년 인조반정으로 이이첨 일파가 처형된 뒤 풀려났다.

52세 되던 해 윤선도는 또 한 번의 곤욕을 치렀다. 병자호란 당시 강화도에까지 와서 남한산성에 있는 임금을 알현하지 않았다 하여 '불분죄' 로 1638년 다시 경상북도 영덕으로 귀양을 갔다. 이듬해에 풀려났으나 이후 10여 년을 보길도의 부용동과 해남의 금쇄동을 오가며 지냈다. 이때 『산중신곡』, 『신산중신곡』, 「어부사시사」 등 주옥 같은 작품들을 남겼다.

서사
내 벗이 몇이나 하나 수석과 송죽이라
동산에 달 오르니 긔 더욱 반갑고야
두어라 이 다섯밖에 또 더하여 무엇하리

죽

나무도 아닌 것이 풀도 아닌 것이
곧기는 뉘 시기며 속은 어이 비었는다
저렇고 사시에 푸르니 그를 좋아하노라

월

작은 것이 높이 떠서 만물을 다 비추니
밤중의 광명이 너만 한 이 또 있느냐
보고도 말 아니하니 내 벗인가 하노라

「오우가」는 인조 20년(1642) 윤선도가 56세에 해남의 금쇄동에 은거할 무렵에 지은 것이다. 『산중신곡』 19수 중 6수로 『고산유고』 제6권 하편 별집에 수록되어 있다.

윤선도가 54세 되던 해 우연히 '금제석궤'를 얻는 꿈을 꾸었는데 며칠 안 되어 꿈과 똑같은 곳을 발견해 그곳을 금쇄동이라 명명했다. 여기에서 「오우가」를 창작했다. 위 시조는 오우가 중 서사, 죽, 월이다.

첫째 수는 문답 형식으로 다섯 벗을 소개했다. 초장에는 수석과 송죽을, 중장에서는 달을 소개했다. 그리고 종장에서는 오직 이 다섯만을 벗한다고 말했다.

둘째 수는 그치지 않는 물을, 셋째 수는 변함없는 바위의 모습을, 넷째 수는 절개 있는 솔을 읊었다.

다섯째 수는 사철 변하지 않는 푸른 대의 모습을 찬양한 것이다. 곧기는 누가 시켰으며 속은 어찌 비었느냐고 묻는다. 대나무는 사군자의 하나로 굳은 절개를 상징하여 옛 선비들로부터 많은 사랑을 받아왔다.

『산중신곡』 원본 · 고산유물전시관 내, 전남 해남군 해남읍 녹우당길 135 소재. 『산중신곡』은 고산 선생이 경상북도 영덕 유배에서 풀려나 고향 해남에 돌아온 후 현산명 금쇄동에서 은거 생활을 하며 56세(1642년, 인조 20) 에 지은 시조집이다. 「만홍」 6수를 비롯 「일모요」, 「조무요」, 「야심요」, 「기세탄」 각 1수 「하우요」 2수 및 「오우가」 6수, 「고금영」 1수 등 총 19수가 수록되어 있다.

사진 ⓒ신웅순

마지막 수는 달을 찬양했다. 작은 것이 높이 떠서 만물을 다 비추니 캄캄한 밤중에 광명이 너만 한 이 또 어디 있느냐는 것이다. 보고도 말하지 아니하니 나의 벗이라고 했다. 달은 밤중에 홀로 떠서 세상만을 비출 뿐 인간의 모든 미 · 추 · 선 · 악을 보고도 말하지 않는다고 해서 내 벗이라고 했다.

오우가는 사물, 수 · 석 · 송 · 죽 · 월에 빗대어 부단 · 불변 · 불굴 · 불욕 · 불언 등 현실에 대한 무상함을 변치 않는 이 다섯 벗을 취해 우의적으로 노래했다.

산수간 바위 아래 띠집을 짓노라 하니
그 모른 남들은 웃는다 한다마는
어리고 향암의 뜻에는 내 분인가 하노라

잔 들고 혼자 앉아 먼 뫼를 바라보니
그리던 님이 온들 반가움이 이러하랴
말씀도 웃음도 아녀도 못내 좋아하노라

강산이 좋다 한들 내 분으로 누웠느냐
임금님 은혜를 이제 더욱 아노이다
아무리 갚고자 하여도 하올 일이 없어라

『산중신곡』 중 「만흥」 6수 중 첫째, 셋째, 여섯째 수이다. 『산중신곡』은 만흥을 포함, 「조무요」 1수, 「하우요」 2수, 「일모요」 1수, 「야심요」 1수, 「기세탄」 1수, 「오우가」 6수, 「고금영」 1수 등으로 이루어져 있다.

첫째 수에서는 금쇄동에 띠집을 지으니 남들은 산속에 짓는 집을 보고 어리석다고 웃는다. 어리석고 시골뜨기인 내 마음에는, 자연 속에서 산수를 즐기려는 것이 분수에 맞는다는 것이다. 띠집은 수정동에 있는 정자, 인소정(人笑亭)을 가리킨다. 금쇄동과 이웃하고 있는 문소동과 수정동 이곳 역시 윤선도가 즐겨 소요하던 곳이다.

셋째 수에서는 술잔을 들고 혼자 앉아 먼 산을 바라보고 있다. 그리워하던 님이 온다 한들 이보다 더 좋겠느냐? 산이 말씀하거나 웃음 짓지 않아도 그를 한없이 좋아한다는 것이다. 자연에 대한 사랑이 임금에 대한 충성보다 다 기쁘다고 말하고 있다.

「만흥」의 마지막 수에서는 그렇지가 않다. 강산이 좋다 한들 나의 분수로 편히 누워 있겠느냐고 반문하고 있다. 모두가 임금의 은혜인 것을 이제야 더욱 알겠다고 했다. 은혜를 갚으려 해도 할 수 있는 일은 아무

것도 없다는 것이다. 임금을 위해 무엇인가 해보고 싶어도 조정에서 불러주지 않는다고 한탄하고 있다.

「만흥」 6수는 자연에 대한 즐거움을 읊고 있으나 현실 참여에 대한 욕구도 함께 드러나 있어 자연과 현실 간의 그의 갈등이 서로 병립되어 있음을 볼 수 있다.

「조무요」도 이런 시조로 조정에 대한 관심을 우의적으로 표현하고 있는 작품이다.

월출산이 높더니마는 미운 것이 안개로다
천왕제일봉을 일시에 가리었다
두어라 해 퍼진 후면 안개 아니 걷으랴

'천왕제일봉' 은 임금을 상징하고 '안개' 는 물론 밝은 정치를 가리는 조정의 간신배이다. 해가 퍼진 후 안개가 걷히듯 임금이 밝은 정치를 펴면 새로운 정국이 올 것이라는 기대감을 표현하고 있다.

정치 현장에서 물러나 은둔을 강요받아야 했던 조선 대부분의 사대부들은 이런 상투적인 시조의 수사에서 크게 벗어나지 못했으며 윤선도도 예외는 아니었다. 그러나 순우리말 사용에 따른 그의 감수성과 리듬감은 트레이드마크였던 「오우가」 「어부사시사」에서 빛을 발했다.

앞 개에 안개 걷고 뒷 뫼에 해 비친다, 배 떠라 배 떠라
밤물은 거의 지고 낮물이 밀려온다. 지국총 지국총 어사와.
강촌 온갖 곳이 먼빛이 더욱 좋다

우는 것이 뻐꾸기가 푸른 것이 버들숲가. 이어라 이어라
어촌 두어 집이 냇 속에 나락들락. 지국총 지국총 어사와
말가한 깊은 소에 온갖 고기 뛰노나다

낚싯줄 걸어놓고 봉창의 달을 보자. 닻 지어라 닻 지어라.
하마 밤 들거냐 자규 소리 맑게 난다. 지국총 지국총 어사와.
남은 흥이 무궁하니 갈 길을 잊었도다

「어부가」는 고려 때부터 12장으로 된 장가와 10장으로 된 단가로 전해져왔다. 이현보가 이를 개작하여 9장의 장가와 5장의 단가로 만들었다. 고산 윤선도는 이를 다시 시조 형식으로 하고 여음을 넣어 「어부사시사」 40수를 완성했다.

「어부사시사」는 고산 윤선도가 65세 되던 효종 2년(1651) 가을 보길도 부용동에서 지었다. 춘하추동 각 10수, 도합 40수로 된 연시조이다.

작품 발문에는 강호에서 가어옹이 되어 표연히 세속을 버리고 살아가는 경지를 읊었다고 되어 있다. 누구에게서 비롯되었는지 알 수 없으나 농암 이현보와 퇴계 이황이 탄상한 것은 음향이 상응하지 않고 어의가 갖춰지지 않아 비좁고 자유롭지 못한 흠이 있다고 말했다. 그래서 우리말로 그 뜻을 넓혀 철마다 10수로 하고 여기에 음률을 맞추어 자연에서 마음껏 노니는 즐거움을 표현한 것이라고 말하고 있다.

위 시조는 춘사 10수 중 첫째 수, 넷째 수, 아홉째 수이다. 아침에 배를 띄워 자연을 완상하고 고기잡이하면서 집으로 돌아오기까지의 원근경을 수묵화처럼 실감나게 그려내고 있다.

첫째 수는 배를 타고 떠나면서 근경에서 서서히 원경으로 옮겨가는 풍경을 그리고 있다. 넷째 수는 배에서 어촌의 원경을 완상하며 즐겁게 고기잡이하는 어부의 모습을 보여주고 있다. 아홉째 수에서는 낚시를 거두고 배의 창으로 떠오른 달을 완상하고 있다. 두견새 울음소리를 들으며 무궁한 흥취를 자아낸다고 하였다. 자규는 나라 잃은 촉나라 임금 두우의 혼이 다시 태어났다는 전설이 얽인 새로, 서글픔을 자극하는 촉매재이다. 사직에 대한 나라의 근심을 은근히 드러내고 있다. 몸은 현실을 떠나 있지만 현실에 대한 관심을 아주 버리지 못하고 있음을 보여주고 있다.

「어부사시사」는 『고산유고』에 실려 전하고 있으며 원숙기의 작품으로 어촌 풍경을 한 폭의 산수화처럼 실감 나게 그려냈다. 「오우가」와 더불어 고산 문학의 꽃으로 불리우고 있다.

보길도는 고산 윤선도가 배를 타고 제주도로 가던 도중 태풍을 피해서 잠시 들렀다가 수려한 산수에 매료되어 머물렀던 곳이다. 그는 이곳 동명을 부용동이라고 지었으며 불후의 명작 「어부사시사」가 바로 이곳에서 태어났다.

1652년 정월 윤선도는 성균관 사예로 효종의 부름을 받았다. 「어부사시사」를 지은 이듬해였다. 오랜 은거 생활을 청산하고 늘그막해서야 세상으로 돌아왔다. 그의 나이 66세였다. 상경은 17년 만이요 효종과의 상봉은 20년 만이었다.

윤선도는 효종의 사부였다. 효종의 신임은 두터웠으나 정적들의 시기는 만만치 않았다. 북벌론이 국시였던 효종은 서인의 척화파들을 적극 등용했다. 그들은 남인에 대해서는 매우 배타적이었다. 윤선도에게

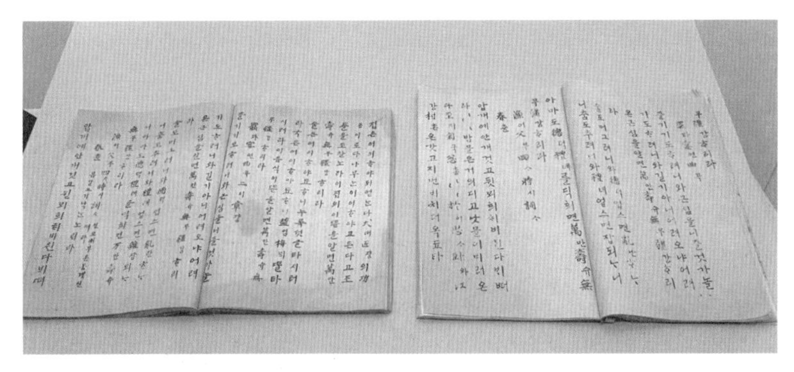

「**어부사시사**」· 고산유물전시관 소장 사진 ⓒ 신웅순

많은 장벽들이 가로놓일 수밖에 없었던 이유이다.

효종은 특별히 윤선도에게 승지 벼슬을 제수했다. 윤선도의 승지 임명을 둘러싸고 서인들의 비방이 연일 계속되었다.

윤선도는 경기도 양주 고산별서로 돌아왔다. 이때에도 효종은 그에게 세 차례나 음식을 보내는 배려를 아끼지 않았다. 윤선도는 여기에서 「몽천요」 3수를 지었다.

> 상해런가 꿈이런가 백옥경(白屋京)에 올라가니
> 옥황(玉皇)은 반기시나 군선(群仙)이 꺼리나다
> 두어라 오호연월(五湖烟月)이 내 분(分)일시 옳았다
>
> 하늘이 잊으신 제 무슨 술(術)로 기워낸고
> 백옥루 중수할 제 어떤 바치 이뤄낸고
> 옥황께 살와 보자 하더니 다 못하여 오나다

세연정 · 명승 제34호. 전남 완도군 보길면 부황길 57 소재. '세연'이란 '주변경관이 물에 씻은 듯 깨끗하고 단정하여 기분이 상쾌해지는 곳'이란 뜻으로 고산 연보에서는 1637년 고산이 보길도에 들어와 부용동을 발견했을때 지은 정자라 하고 있다. 정자의 중앙에 세연정, 동쪽에 호광루, 서쪽에 동하각, 남쪽에 낙기란이란 편액을 걸었으며, 또 서쪽에는 칠암헌이라는 편액을 따로 걸었다. 사진 ⓒ 신웅순

「몽천요」의 첫째 수와 셋째 수로, 몽천요는 꿈에서 본 천상을 노래한다는 뜻이다.

생시던가 꿈이던가 백옥경에 올라가니 옥황상제는 반기시나 뭇 신선은 꺼리는구나. 두어라, 강호자연에 사는 것이 내 분수에 맞는 것을. 효종은 옛 스승을 반겼으나 서인들은 현실을 모르는 산림처사라고 꺼렸다. 강호자연으로 돌아가는 것이 자신의 분수에 맞는 일이라는 것이다. 물론 '옥황'은 효종을, '군선'은 서인들을 가리킨다.

무슨 기술로 이지러진 하늘을 기워내고, 백옥루 다시 세울 때 어떤 목수가 이루어냈는가. 옥황께 여쭈어보자 했더니 다 아뢰지 못하고 왔다는 것이다. 사직을 바로 세우려면 충언을 서슴지 말아야 하는데 다

해남윤씨 녹우당 일원 · 사적 제167호. 전남 해남군 해남읍 녹우당길 135(연동리) 소재.
사진 ⓒ 신웅순

아뢰지 못하고 돌아가게 되었다고 안타까워하고 있다.

그는 만년에도 이렇게 현실에 대한 비판의 끈을 놓지 않았다. 여기에서는 정치적 상황을 직설 어법으로 담아내고 있을 뿐, 그의 독특한 감수성이나 심미안 같은 미학들은 담겨 있지 않다. 이런 점에서 31세에 지은 처녀작 「견회요」와 66세에 지은 「몽천요」는 평범한 작품이기는 하나 정서 면에서는 많이도 닮아 있다.

이후 그는 다시 부용동에 은거했다. 1659년 효종이 죽자 예론 문제로 서인파와 맞서 싸우다 패해 삼수에 유배되었다가, 1667년 풀려났다. 부용동에서 살다가 그곳 낙서재에서 85세로 죽었다.

정치적으로는 처음과 끝이 유배에서 시작해 유배로 끝났으나 문학사적으로는 청사에 빛나는 주옥같은 작품들을 남겨놓았다. 질곡의 삶이 그런 명작들을 만들어냈다.

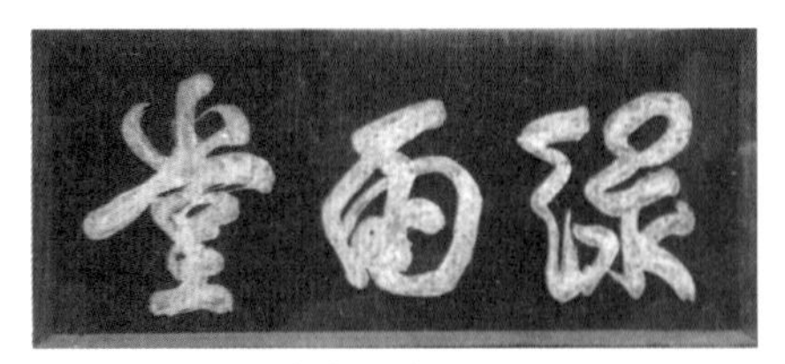

녹우당 옥동 이서의 글씨 사진 ⓒ 신웅순

윤선도는 정철, 박인로와 함께 조선 시대 3대 가인으로 단가와 시조 75수를 남겼다. 『산중신곡』, 『금쇄동집고』 등 그의 친필이 해남 녹우당에 남아 전하고 있다.

선우협 「간밤에 불던 바람…」

1588(선조 21)~1653(효종 4)

선우협(鮮于浹)은 조선 후기 학자이다. 호는 돈암이며 본관은 태원, 평양 출신이다. 22세에 김태좌에게서 시 · 서 · 역 · 춘추 등을 배운 뒤 독학으로 성리학을 공부했다. 38세에 도산서원을 찾아가 이황이 남긴 서적을 열람하고 돌아오는 길에 인동의 여헌 장현광을 찾아뵈었다. 돌아와서는 사자 『대학』, 『중용』, 『논어』, 『맹자』를 다시 익혔다. "오도(吾道, 유도(儒道))가 여기에 있거늘 어느 겨를에 딴 것을 찾을 것인가?" 하고 제생들과 함께 용악산으로 들어가 강독 교수 수십 년에 심성이기(心性理氣)의 묘리를 터득했다. 조정에서는 여러 차례 관직을 제수하였으나 나가지 않았다. 특히 『주역』에 통달했으며 많은 제자들이 그를 따랐다.

당대의 석학 김집과도 학문적인 토론을 했으며, 세상 사람들은 그를 관서부자(關西夫子)라 했다. 부자는 덕행이 높아 모든 사람의 스승이 될 만한 사람을 높여 부르는 말이다. 관서지방의 스승이라는 뜻이다.

간 밤에 불던 바람 만정도화 다 지거다
아이는 비를 들고 슬려고 하는구나
낙화인들 꽃이 아니랴 쓸어 무삼 하리오

간밤에 불던 바람이 뜰 가득 복사꽃이 다 지었구나. 아이는 비를 들고 쓸려고 하는구나. 낙화는 꽃이 아니랴? 쓸어 무엇 하겠느냐.

핀 꽃이나 낙화나 그것은 변화된 모습일 뿐 본질에는 아무런 변함이 없다는 것이다. 뜰에 복사꽃이 떨어졌으니 당연히 쓸려고 하는 것이 인간의 마음이다. 시인은 뜰에 진 낙화도 다 같은 꽃이라고 생각해 더 보고 싶어 했다. 그래서 아이에게 쓸지 말라고 했다. 도학자의 마음가짐을 엿볼 수 있으며 운치 있는 시인의 마음가짐도 이 「낙화가」에서 읽을 수 있다.

그는 장악원 주부 · 성균관 사업 등에 여러 차례 천거되었으나 모두 사양했다. 치심궁리(治心窮理)의 요체와 입현무방(立賢無方)의 도를 내용으로 하는 상소문을 올려 시행하게도 했다. 치심궁리는 '마음을 다스려 이치를 깊이 연구하는 것' 을 말하고 입현무방은 '현명한 사람을 찾을 때는 오직 그 사람이 현명한가만을 보아야 한다. 같은 무리인가 아닌가를 따지는 일이 없어야 한다' 는 뜻이다.

공이 학문을 하는 데에는 극력 고심을 하여 조금도 해이함이 없었고 소득이 없어도 그만두지 않았으며, 굶주리고 목마름도 모두 잊었다가 혹 새로 얻은 바가 있으면 반드시 책에다 적어두었으며 밤이면 베개에 기대어 옷을 입은 채로 선잠을 자다가 잠이 깨면 이불을 끼고 앉아서 더러는 아침까지 이르기도 하였다.

일찍이 말하기를 "학문에 요령을 얻지 못하여 억울하게 30년 공부를 허비하다가 늙어서야 조금 얻은 것이 있었다" 하고 또 일찍이 "마음을 정직하게 가지기란 극히 어렵다" 고 말하였다.

고종 20년(1883) 이조판서에 추증되었고, 평양의 용곡서원과 태천의 둔암서원에 제향되었다. 시호는 문간(文簡), 저서로는 『둔암전서』 7권 5책이 있다.

임경업 「발산역 기개새는…」

1594(선조 27)~1646(인조 24)

발산력(拔山力) 기개새(氣蓋世)는 초패왕(楚霸王)의 버금이요
추상절(秋霜節) 열일충(烈日忠)은 오자서(伍子胥)의 우히로다.
천고에 늠름한 장부는 수정후(壽亭侯)인가 하노라

산을 뽑을 만한 힘과 세상을 덮을 만한 기상, 발산력 기개새는 초패왕 다음이요, 가을 서릿발 같은 절개와 뜨거운 해와 같은 충성심, 추상절 열일충은 오자서보다 낫다고 했다. 그리고 천고의 늠름한 장수는 수정후 관우라고 했다. 그런 관우에게 은연중 자신의 모습을 투영시키고 있다.

임경업(林慶業)은 우국충정에 뛰어난 충신이요 무장이다. 청나라에 복수하고자 명나라에 망명, 뛰어난 용맹과 기상으로 병자호란의 치욕을 씻어보고자 했으나 청나라와 싸움 한번 제대로 해보지 못하고 비운에 갔다. 조국이 그를 뒷받침하지 못한 불우한 명장이었다. 그래서 이 시조는 더욱 비감하다.

임경업장군비각 · 순천 낙안읍성 소재. 조선 인조 6년(1628)에 건립한 임경업 장군의 선정비이다. 인조 4년(1626) 임 장군이 낙안 군수로 봉직하면서 선정을 베풀었을 뿐만 아니라 정묘호란 때에도 큰 공을 세운 것을 기리기 위해 군민이 세웠다. 매년 음력 정월 보름에 제사를 지내고 있다. 사진 ⓒ 신웅순

임경업은 1594년 충주 출생으로 본관은 평택, 호는 고송이며 시호는 충민이다.

1618년 무과에 급제, 1624년 정충신 휘하에서 이괄의 난을 평정하는 데 공을 세워 진무원종공신 1등이 되었다. 1626년에는 전라도 낙안 군수로 부임하여 선정을 펼치기도 했다.

1627년 정묘호란이 일어나자 좌영장으로 서울로 진군했으나, 강화가 성립되는 바람에 한 번도 싸워보지 못하고 낙안으로 돌아왔다. 1633년에는 청북방어사 겸 안변 부사가 되어 백마산성과 의주성을 수축, 명나라 반란군을 토벌하여 총병 벼슬을 받았다. 이때부터 임 총병으로 그 이름이 명나라에도 널리 알려졌다.

1636년 병자호란이 일어나자, 청군은 임경업이 지키고 있는 백마산성을 포기하고 직접 서울로 진격했다. 인조는 남한산성으로 피했으나 역부족으로 청나라에 굴욕적인 항복을 하고 말았다.

1637년 청은 가도에 주둔한 명군을 치기 위해 조선에 병력 동원을 요청했다. 조정은 마지못해 임경업을 수군장으로 임명, 출전시켰으나 철

저한 친명배금파였던 임경업은 명나라 도독 심세괴에게 미리 이런 정보를 알려주었다.

1639년 청은 명의 근거지인 금주위를 공격하는데 또다시 조선에 병력과 군량을 요구했다. 임경업은 주사상장에 임명되어 참전했으나 이때에도 승려 독보를 보내 참전 사실을 명에게 알렸다.

이러한 사실들이 결국 청에 발각되어 1642년 조정에서는 임경업을 체포했고 그를 청으로 압송하던 중 탈출했다. 심기원의 도움으로 승려로 변장, 기회를 엿보다가 김자점의 종이었던 상인 무금의 주선으로 상선을 타고 명으로 망명했다.

임경업은 마등고의 휘하에 들어갔고 명은 그를 평로장군에 임명했다. 그러나 1644년 명이 청에 의해 함락되자 마등고도 결국 청에 항복하고 말았다.

이때 조선에서는 좌의정 심기원의 옥사 사건이 일어났다. 심기원은 바로 임경업의 망명을 도운 인물이었다. 임경업은 역모에 가담했다는 혐의를 받게 되었고 그의 부하 한사립의 밀고로 체포되었으며 곧바로 서울로 압송되었다.

임경업은 망명 시 심기원의 도움을 받은 것은 사실이지만, 역모에 가담했다는 것에 대해서는 강력히 부인했다. 당시 강력한 실권자였던 김자점은 임경업의 처형을 주장했다. 그는 지난날 임경업의 상관이자 친밀한 후원자였으나 자신의 종 무금이 임경업의 망명을 도운 사실이 드러나자 자신도 역모에 연루될까 두려웠다.

임경업은 모진 고문 끝에 옥사, 53세의 파란만장한 삶을 마감했다.

임경업은 명청 교체기의 거대한 국제적 격변 속에서 명에 대한 의리

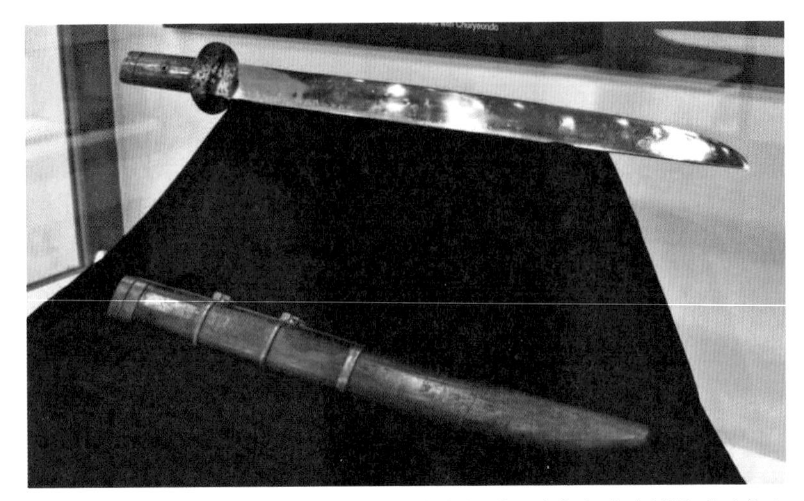

임경업 추련도 · 충청북도 유형문화재 제300호. 충청북도 충주시 충열1길 6(단월동, 충렬사) 소재. 추련도는 임경업 장군의 칼로 현재 충렬사 유물전시관에 전시되고 있다. 칼과 칼집 모두 양호하다. 도신은 철, 손잡이와 칼집은 목재, 목재를 고정시키는 장식은 황동과 동으로 되어 있다. 칼코등은 얇은 철판으로 제작되어 있으며, 그 위에 주석 · 납으로 합금하여 도금하였다. 도신 좌우측면에 명문이 남아 있다. 보관함은 후대에 제작한 것이다.추련도(秋蓮刀)라는 이름은 이 칼에 새겨진 시구에서 따온 것이다. 사진 출처 : 문화재청

를 실천하다 비참하게 죽었다. 그의 생애는 훗날 깊은 애도와 공분을 불러일으켰으며 이는 『임경업전』이라는 소설로 재구성되어 널리 전파되었다.

『임경업전』은 병자호란을 배경으로 비운에 쓰러진 명장의 일생을 영웅화한 작자 연대 미상의 고전 한글소설이다. 비운에 쓰러진 명장의 일생을 보여줄 뿐 아니라 호국(胡國)에 대한 강한 적개심과, 사리사욕을 채우기에만 급급한 간신들에 대한 분노를 민족적 · 민중적 차원에서 승화시킨 작품이다.

송시열은 임경업의 행장을 읽고 감격하여 전기를 지었고, 숙종 때 이조참판 이선이 『충민공전』을, 영조 대에 형조판서 황경원이 『황조배신전』을, 구계 백봉석은 『대명충의임공전』을 저술했다.

임경업 장군의 보검으로는 용천검과 추련도가 있다. 용천검은 전쟁 시 직접 쓰던 검이었으나 6 · 25 때 분실되었고 남아 있는 추련도는 단검으로 평상시 보호용으로 임경업이 애용했다고 전해지고 있다.

추련도(秋蓮刀), 그 이름은 칼에 새겨진 시구에서 따왔다. 추련(秋蓮) 즉 가을 연꽃은 다른 연꽃이 피지 않을 때 의연히 핀다 해서 지조 있는 대장부를 상징한다. 양쪽 날에는 28자의 검명시가 새겨져 있다.

> 시절이여 때는 다시 오지 않나니
> 한 번 태어나고 한 번 죽는 것이 모두 여기 있도다.
> 대장부 한평생 조국을 위한 마음뿐이니
> 석 자 추련도를 십 년 동안 갈았도다.
> 時呼時來否在來 一生一死都在筵
> 平生丈夫報國心 三尺秋蓮磨十年

임경업은 명나라와의 내통 사실이 발각되어 청나라로 압송 중에 탈출했다. 이때 임경업의 부인과 형제가 청나라 수도 심양으로 끌려갔다. 아내가 말했다.

"나의 남편은 대명의 충신이고 나는 오로지 충신의 아내임을 알 뿐이다."

부인은 심양의 감옥에서 자결, 생을 마감했다. 정조 12년(1788)에 임경업의 처 전주이씨의 열행을 기리기 위해 충주시 살미면 세성리에 정려가 건립되었다.

임경업에 대한 많은 전설들이 원주, 충주, 포천 지역 등지에 전해오고 있다. 『금계필담』의 임경업에 대한 이야기 한 편을 소개한다.

> 그가 모친상을 당해 바야흐로 여막에 거쳐해야 할 때 그 당시 권세가였던 한 재상이 임경업 부친이 산소 뒤쪽을 눌러 억지로 장사를 지냈다.
>
> 임경업공이 밤을 타서 권세 있는 재상의 집에 이르러 만나보고 말했다.
>
> "저의 아버지 묘소 바로 뒤쪽에 공이 이미 억지로 장사를 지냈으니 시골의 궁하고 힘 없는 선비가 어찌 감히 힘으로 대항할 수 있겠습니까? 다만 지관은 용서할 수 없습니다."
>
> 이때 지관이 그 자리에 있었으므로 공이 눈을 부릅뜨고 크게 꾸짖어 말했다.
>
> "네가 주인집을 위해 좋은 묘자리를 정하면서 어느 곳이 안되어서 유독 나의 부친 산의 뇌를 깨뜨리고 송장을 들여놨느냐? 만일 옮겨 가지 않는다면 너는 마땅히 내 손에 죽으리라."
>
> 이때는 이미 날이 저물어 어두웠으나 눈빛이 횃불과 같이 한 방안에 빛나고 목소리는 벼락 치는 것과 같으니 권세 있는 재상은 놀라 얼굴빛이 하얗게 질려 자리에 엎드렸고 지관은 놀라움에 얼굴빛이 사람의 낯빛이 아니었다. 지관이 자기도 모르게 계단 아래 땅에 엎드려 죽을 죄를 지었다고 비니, 임공은 드디어 권세 있는 재상에게 인사를 하고 일어나 천천히 나가니 그들은 몹시 두려워하며 즉시 다른 산으로 이장했다.

충주 임충민공 충렬사 · 사적 제189호. 충북 충주시 충열1길 6(단월동) 소재. 임경업을 제향하기 위하여 건립한 사당이다. 사진 출처 : 문화재청

임경업이 얼마나 뛰어나고 담력이 있는 인물이었는지 알 수 있다. 그 외에도 『동야휘집』, 『청구야담』 등에도 임경업에 대한 많은 설화들이 전해오고 있다.

그는 숙종 23년(1697) 12월 복관되고, 충주의 충렬사 등에 제향되었으며, 충민이라는 시호를 받았다.

이명한 「샛별 지자 종다리 떴다…」

1595(선조 28)~1645(인조 23)

초강 어부들아 고기 낚아 삶지 마라
굴삼려(屈三閭) 충혼이 어복리(漁腹裡)에 들었느니
아무리 정확(鼎鑊)에 삶은들 변할 줄이 있으랴

'굴삼려'는 굴원을, '어복리'는 물고기 뱃속을, '정확'은 가마솥을 말한다. 초강의 어부들에게 고기를 잡아 삶지 말라고 했다. 뜬금없는 명령이다. 굴원이 초나라 강에 투신했으니 그의 충혼이 고기 뱃속에 들어 있을 것이라고 이유를 댔다. 아무리 솥에 고기를 삶아낸들 충혼이야 변하겠느냐고 덧붙였다. 충혼의 대명사, 굴원 고사를 들어 자신의 충성심을 표현했다.

이명한(李明漢)은 병자호란 때 척화파라 하여 1643년 이경여 · 신익성 등과 함께 심양에 잡혀가 억류되었다. 이듬해 세자이사가 되어 소현세자와 함께 돌아왔으며 1645년에는 명나라와 밀통하는 외교문서를 썼다 하여 청나라에 다시 잡혀갔다 풀려났다. 이명한은 자신의 충의감을 굴원 고사에 비겨 이렇게 노래한 것이다.

삼려대부 굴원은 초나라 회왕을 섬기다 간신의 모함을 받고 강남으로 유배되었다. 그는 「어부사」에서 "온 세상이 혼탁하나 나 홀로 깨끗하고, 모든 사람들이 다 취해 있으나 나 홀로 깨어 있었다. 이런 까닭에 내가 추방당했다" 고 탄식했다. 그를 만난 어부는 "창랑의 물이 맑으면 내 갓끈을 씻으리라. 창랑의 물이 흐리면 내 발을 씻으리라" 고 노래했지만, 굴원은 세상과의 타협을 거부하고 멱라수에 몸을 던졌다. 「이소」와 함께 그의 절절한 사연과 충정을 담은 「어부사」는 우국시의 전형이 되었다. 「이소」는 굴원이 추방당한 후 유랑 중에 쓴 우국지정을 노래한 장편 서사시이다.

이명한은 광해군 인조 때의 문신이다. 호는 백주이며 이정구의 아들이다. 22세에 문관에 급제, 승문원 권지정자 · 전적 · 공조 좌랑 등이 되었으나 폐모론에 참여치 않았다 하여 파직되었다 1623년 인조반정 후 경연시독관이 되었으며 이괄의 난 때 왕을 공주로 호종, 이식과 함께 팔도에 보내는 교서를 지었다. 1639년 도승지 등을 거쳐 1641년 한성부우윤 · 대사헌이 되었고 대제학, 이조판서 등을 역임했다. 아버지 이정구, 아들 이일상과 더불어 3대가 대제학을 지낸 가문으로도 유명하다. 사람됨이 효성스럽고 시원하였으며 풍류기개가 있었다. 성리학에 조예가 있고 시와 글씨에 또한 뛰어났다.

> 샛별 지자 종다리 떴다 호미메고 사립나니
> 긴 수풀 찬 이슬에 베잠방이 다 젖는다
> 아이야 시절이 좋을손 옷이 젖다 관계하랴

봄날 농촌 풍경이다. 치사 후 전원에 묻혀 지내는 유유자적한 생활을 노래했다. 샛별이 지나 종달새가 떴다. 호미 메고 사립을 나서니 긴 수풀 찬 이슬에 베잠방이 다 젖는다. 아이야, 이리도 좋은 시절인데 옷 젖는 것이 무슨 상관이랴.

부지런한 농촌의 일상을 사실적이면서 생동감 있게 그려내고 있다. 순수한 우리말로 노래하고 있어 국어의 아름다운 맛을 느낄 수 있다. 농촌 풍경을 핍진하게 잡아낸 솜씨가 예사롭지가 않다.

사랑이 어떻더니 둥글더냐 모나더냐
길더냐 짜르더냐 발이더냐 자이더냐
하 그리 긴 줄은 모르되 끝 간 데를 몰라라

사랑의 실체에 대해 물었다. 모양이 어떻더냐. 둥글더냐, 모가 나더냐. 길더냐 짧더냐, 몇 발이더냐 몇 자이더냐. 긴 줄은 모르지만 끝 간 데를 알 수 없다는 것이다. 읽을수록 감칠맛이 나는 시조이다. 끝 간 데를 알 수 없다니 사랑의 즐거움이 그렇게도 좋다는 말일 것이다.

당시 사대부들에게 터부시되었던 사랑의 노래를 시조 8편 중 5편이나 지었다. 온화한 성품에다 그의 자유스러운 풍류를 엿볼 수 있다.(이 시조는 『병와가곡집』에는 이명한의 작품으로 되어 있으나 가람본 『청구영언』에는 작자가 기녀 송이로 되어 있다.)

이명한은 병자호란 당시 어머니를 모시고 강화도로 피난을 갔다. 적의 추격이 매우 다급했다. 이때 서로 알고 지내던 한양의 선비가 자신의 식솔들을 데리고 강어귀에서 막 배를 타고 탈출하는 것을 목격했다.

이명한은 급히 달려가 자신은 죽어도 좋으니 늙은 노모를 모시고 가달라고 애원했다. 그 사람은 돌아보지 않고 가버렸다. 난리 후 친척들이 이 사실을 알고 그 몰인정한 이가 누구인지 물었다. 그러나 이명한은 그 사람의 이름을 잊어버렸다고 말했다. 그의 인품을 알 수 있는 일화 한 도막이다.

「유풍악기」는 이명한 문집 『백주집』 권 16에 실려 있는 금강산 기행문이다. 금강산의 여러 유명 사찰과 주변 경관을 보고 기록한 글이다.

> 옷을 풀고 흩어져 앉아서 마실 때 내가 잔을 잡고 좌상에 올라 말하기를, "산천 흥취는 한정 없고, 사람의 일은 족하지 못한 한이 있으니, 우리들이 오늘 노니는 것은, 근력으로 말하자면 늙지도 젊지도 않지만 그래도 좀 늙은이에 가까운 것 같고, 절기로 말한다면 이르지도 늦지도 않지만 그래도 늦은 데에 가까운 것 같고, 시세로 말한다면 불안하지도 위태롭지도 않지만 그래도 위태로운 쪽에 가까운 것 같으니, 이것은 석양이 황혼에 가까운 것이 아니겠는가? 비록 그러하나 근력은 오늘이 더욱 늙을 것이요, 절기는 오늘이 지나면 더욱 늦을 것이며, 시세는 오늘이 지나면 더욱 위태로울 것이다. 그러므로 근력은 더욱 늙어지고 절기는 더욱 늦어지며 시세 또한 더욱 위태와질 것이니 비록 이러한 유람을 하고자 하나 제대로 되겠는가? 그런 즉 이 유람을 기록하지 않을 수 없다. 속된 말로써 선창하기를 청한다." 라고 하였다.(문화콘텐츠닷컴, (문화원형백과 유산기), 2005, 한국콘텐츠진흥원)

「유풍악기」는 매우 짧고 간결하다. 깊은 사색, 인생에 대한 회한과

연안이씨삼세비각 · 경기도 기념물 제79호. 경기도 가평군 상면 태봉리 상면 태봉리 산115-1 소재. 왼쪽부터 차례로 이명한 신도비, 이정구 신도비, 이일상 신도비. 사진 ⓒ 신웅순

관조 그리고 자연을 통한 내적 성찰을 깊이 있게 그려냈다. 특히 산천과 인간, 절후, 시세를 표현한 부분은 빼어나다.

만년에 지은 탄로가 시조 한 수이다.

> 반나마 늙었으니 다시 젊든 못하여도
> 이후나 늙지 말고 매양 이만 하였고저
> 백발아 네나 짐작하여 더디 늙게 하여라

쉰 살 고비 넘었으니 반이나마 늙었다. 이후나 늙지 말고 늘 이만 했으면. 백발아 네가 짐작하여 더디 늙게 하여라. 젊고 싶은 것이 사람의 마음이다. 젊어지기야 하겠야만 더는 늙지 말고 이대로 있고 싶다고 했다. 그래서 백발더러 더디 늙게 해달라고 부탁하고 있는 것이다.

그는 그래도 아까운 나이 51세에 죽었다.

이명한이 심양에서 읊은 시 「심관차청음운(瀋館次淸陰韻)」과 김상헌이 지은 이명한 비명의 끝부분을 덧붙인다. 김상헌은 "그 문장을 이룸에 있어서는 마치 큰물이 바다로 내리쏟는 것과 같이 신채(神彩)가 뛰어나고 음조가 부드러워 사람들은 그의 시를 하늘에서 얻었다고 하였다."고 일컬었다. 장유도 그의 시를 두고 귀신과 같다고 칭찬한 바 있다.(한국민족문화대백과, 한국학중앙연구원)

머문다 한들 근심할 것 없고 떠난다 해도 기뻐할 것 없네.
가고 머무는 것이 딴일 아니니 기뻐하고 근심함이 다만 한 이치로다

공의 재주를 풍부히 한 것은 하늘의 권장함이요, 공의 수한(壽限)을 인색하게 한 것 역시 하늘이 잘못한 일이니, 저 하늘의 명을 맡은 이가 어찌하여 후(厚)하고 어찌하여 박한가? 민멸(泯滅)되지 아니할 것이 있으니 비석과 같이 부서지지 않으리라.

인조 「내라 그리거니…」

1595(선조 28)~1649(인조 27)

인조(仁祖)는 서인의 이귀, 김자점, 김유, 이괄 등의 추대로 왕위에 올랐다. 인조반정이었다. 1623년 서인 일파가 광해군 및 대북파를 몰아내고 능양군을 왕으로 옹립한 사건이다. 이후 인조는 이괄의 난, 정묘호란을 겪었고 1636년에는 병자호란으로 삼전도에서 국치를 당했다. 소현세자와 봉림대군이 볼모가 되어 심양으로 끌려가는 굴욕까지 겪었다.

소현세자는 청으로 끌려간 지 3년 후 아버지 인조에게 갖방석과 함께 다음과 같은 시를 지어 보냈다.

몸은 낯선 땅 못 가는 신세
내 집은 서울 장안 한강 기슭
달 밝고 깊은 밤 꽃잎에 눈물 짓는데
바람 맑은 연못 위엔 버들잎 푸르르고
꾀꼬리 울음소리 고향의 꿈 깨우네
제비 찾아와 경회루의 봄을 알리고

온종일 누대에서 노래하고 춤추던 곳
고향을 돌아보니 쏟아지는 눈물 앞을 가리네

인조가 이 시를 읽고 애통하여 잠을 이루지 못했다. 어디선가 소쩍새의 피 맺힌 울음소리가 들려왔다. 마음이 산란해진 인조는 벽에다 아래와 같은 시조 한 수를 썼다.(한춘섭 편저, 『고시조해설』, 홍신문화사, 1999 참조)

내라 그리거니 네라 아니 그릴넌가
천리만향애 얼매나 그리난고
사창의 슬피 우난 뎌 접동새야 불여귀라 말고라 내 안 둘 데 업새라

나도 네가 그립기 그지없는데 너라고 하여 아니 그립겠느냐. 천만 리 오랑캐 땅에서 네 얼마나 아비를 그리워했겠느냐. 창 밖에서 슬피 울고 있는 저 접동새야, 불여귀 불여귀, 돌아가지 못한다고 노래하지 마라. 내 그립고 안타까운 내 마음은 둘 곳 어디에도 없구나.

나라의 비운을 온몸에 이고 수항단 아래에서 청의를 입고 청에게 무릎을 꿇었던 인조였다. 사랑하는 아들 둘이나 볼모로 보낸 아비의 심정을 무슨 말로 표현할 수 있으랴. 약소국의 슬픔이 아니고 무엇이랴. 일국의 임금도 자식을 그리워하는 부정은 이렇게 여느 범인과 하등 다를 게 없다.

소현세자는 1637년 세자빈과 함께 볼모가 되어 심양으로 끌려갔다. 1645년 음력 2월 귀국했으나 그해 음력 4월 26일 창경궁의 환경전에서

돌연 사망했다.

『조선왕조실록』 인조 23년 6월 27일에는 다음과 같은 기록이 있다.

세자는 본국에 돌아온 지 얼마 안 되어 병을 얻었고 병이 난 지 수일 만에 죽었는데, 온몸이 전부 검은빛이었고 이목구비의 일곱 구멍에서는 모두 선혈이 흘러나오므로, 검은 멱목으로 그 얼굴 반쪽만 덮어놓았으나, 곁에 있는 사람도 그 얼굴빛을 분별할 수 없어서 마치 약물에 중독되어 죽은 사람과 같았다. 그런데 이 사실을 외인들은 아는 자가 없었고, 상도 알지 못하였다.

당시 종실 진원군 이세완의 아내는 곧 인열왕후의 서제였기 때문에, 세완이 내척으로서 세자의 염습에 참여했다가 그 이상한 것을 보고 나와서 사람들에게 말한 것이다.

인조는 대신들의 반대에도 불구하고 세손을 제쳐두고 동생 봉림대군을 세자로 책봉했다. 인조 24년에는 소현세자빈 강씨에게 사약까지 내리는 극처방까지 내렸다. 인조의 총애를 받던 소용 조씨를 저주하고 임금의 음식에 독약을 넣었다는 혐의였다. 한때는 큰며느리로서 시아버지 인조의 사랑을 한몸에 받았던 세자빈 강씨였다.

『인조실록』 47권, 인조 24년 3월 15일 기사이다.

소현세자빈 강씨를 폐출하여 옛날의 집에서 사사하고 교명 · 죽책 · 인 · 장복 등을 거두어 불태웠다. 의금부 도사 오이규가 덮개가 있는 검은 가마로 강씨를 싣고 선인문을 통해 나가니, 길 곁에서 바라보는 이들이 담장처럼 둘러섰고 남녀 노소가 분주히 오가

파주 장릉 · 사적 제203호. 경기도 파주시 장릉로 90(탄현면) 소재. 조선 16대 왕인 인조(재위 1623~1649)와 부인 인열왕후(1594~1635)의 능이다. 유네스코 세계문화유산에 등재되었다.

사진 출처 : 문화재청

> 며 한탄하였다. 강씨는 성격이 거셌는데, 끝내 불순한 행실로 상의 뜻을 거슬러 오다가 드디어 사사되기에 이르렀다. 그러나 그 죄악이 아직 밝게 드러나지 않았는데 단지 추측만을 가지고서 법을 집행하였기 때문에 안팎의 민심이 수긍하지 않고 모두 조 숙의에게 죄를 돌렸다.

조선 역사상 시아버지가 며느리를 죽인 최초의 참극이었다. 귀국 후 벌어진 두 사람 간의 갈등이 종국에는 며느리를 죽음으로 몰고 간 것이다.

인조 25년(1647) 인조는 소현세자의 세 아들을 모두 제주도로 유배 보냈다. 손위의 두 아들 이석철과 이석린은 당시 12세, 8세였다. 두 아들은 거기에서 죽고, 4세였던 이석견은 살아남아 효종 7년(1656)에야 겨우 유배에서 풀려날 수 있었다. 아들 소현세자의 갑작스런 죽음과 며느리 세자빈 강씨의 죽음은 인조가 관련되어 있다는 설과 함께 지금도 미스터리로 남아 있다.

소현세자의 묻혀진 죽음과 함께 전하는 이 두 부자의 화답시는 지금도 우리의 가슴을 울리고 있다. 시에 이런 민족의 비극이 담겨 있는가. 마음이 숙연해진다.

정두경 「금준에 가득한 술을…」

1597(선조 30)~1673(현종 14)

금중에 가득한 술을 실컷 기울이고
취한 후 긴 노래에 즐거움이 그지없다
어즈버 석양이 진타 마라 달이 좇아 오노매라

금 항아리에 가득한 술을 실컷 마시고 취한 후 긴 노래 부르니 즐겁기가 그지없다. 아! 해가 다 져간다고 아쉬워 마라. 동쪽 하늘에 달이 돋아오지 않느냐.

이 시는 정두경(鄭斗卿)이 제자인 홍만종의 집에서 임유후, 김득신, 홍석기 등과 술자리를 함께 하면서 읊은 노래라고 한다. 뜻이 맞는 친구들과의 술자리는 이렇게도 즐거운 것이다. 술이 있고 벗이 있고 달이 있으면 그보다 더 즐거운 것은 없다.

군평(君平)이 기기세(旣棄世)하니 세역기군평(世亦棄君平)을
취광(醉狂)은 상지상(上之上)이오 시사(時事)는 경지경(更之更)이라

다만치 청풍명월(淸風明月)은 간 곳마다 좃닌다.

군평이 이미 세상을 떠났으니 세상 또한 군평을 버리는 것을, 취하여 세상을 잊는 것이 상중의 상책이고 시속 인사는 바뀌고 또 바뀌니 다만 맑은 바람, 밝은 달을 가는 곳마다 쫓아다니노라.

이백의 「고풍 13」에 다음과 같은 시가 있다.

군평이 세상을 버리자, 세상 또한 군평을 버렸다
君平旣棄世 世亦棄君平

이백의 「고풍」에서 구절을 그대로 땄다. 군평은 한나라 때의 은사로 성도에서 점을 치며 살았던 엄준의 자이다. 매일 몇 사람의 점을 봐주고는 하루 생활에 필요한 것을 구입하면 더 이상 점을 봐주지 않았다고 한다.

군평은 정두경의 자이기도 하다. 중의법으로 자신을 엄준에게 견주었다. 자신도 세상에 나서지 않고 숨어 살았기에 세상 또한 나를 버렸다는 것이다. 불우한 벼슬길을 이백의 시를 빌려 상처 받은 이면을 내비치고 있다.

양란 후 문풍이 쇠퇴해지자 그는 당나라 시풍으로 되돌아가자고 했다. 그런 그였기에 한시를 그대로 차용해 시조에도 토를 달아 지었던 것 같다.

그는 술에 취해 세상일을 잊어버리는 것이 최상책이라고 했으며 세상일에 관심을 가져보았자 세상이 바뀌고 또 바뀌니 그것에 연연해할 필요가 없다고 하였다. 그래서 자신은 맑은 바람 밝은 달을 가는 곳마다 쫓아다니며 즐겁게 살아간다는 것이다.

시조 2수는 모두 취흥을 노래했다.

김득신은 『종남총지(終南叢志)』에서, "필력이 장건하여 남들이 미칠 수 없다. 내가 일찍이 군평 정동명에게 '그대의 시는 옛날이라면 누구와 견줄 수 있습니까?' 라고 물었더니, 동명이 웃으면서 말하기를, '이백과 두보는 감히 감당할 수 없지만, 고적과 잠삼의 무리라면 아마 비견할 수 있을 것이다.' 라고 했다.

정두경의 호는 동명이다. 이항복 문하에서 공부했으며 14세에 별시 초선에 합격하여 문명을 날렸다. 문명이 높은 중국 사신이 왔을 때 그는 벼슬 없는 선비로 부름을 받아 김유 등과 함께 중국 사신을 접대했다. 청나라가 강성해지자 「완급론」을 지어 방비를 튼튼히 할 것을 강조하였으며, 병자호란 때는 「어적십난」을 지어 올리기도 했으나 조정에서는 채택하지 않았다. 효종이 즉위하자 27편의 풍시를 지어 올려 호피를 하사받기도 했다.

「완급론」의 일부이다.

> 지금 우리나라는 천천히 할 것과 먼저 할 것에 대해 알지 못하고 있다. 그러나 어찌 나라가 위태롭지 않겠는가. 천천히 할 것은 무엇인가? 예문(禮文)이 바로 그것이다. 급하게 할 것은 무엇인가. 무비(武備)가 바로 그것이다. 어찌하여 예문은 천천히 하고 무비는 급하게 해야하는가? 시기 때문이다.(정선용 역)

예문은 예법에 관해 써놓은 글, 한나라의 옛법과 문물제도를 말한다. 무비는 군사에 관련된 장비 또는 그 장비를 준비하는 일을 말한다.

그는 문장이 기고하고 한시에 뛰어났다. 사람들은 그를 악부는 한 · 위와 같고 가행(歌行)은 이백, 두보와 같고 근체시는 초당(初唐), 성당(盛唐)의 범위를 벗어나지 않는다고 평했다.

채유후 「다나 쓰나 이 탁주 좋고…」

1599(선조 32)~1660(현종 1)

다나 쓰나 이 탁주 좋고 대테 맨 질병들이 더욱 좋아
어론자 박구기를 둥지둥둥 띄워두고
아이야 절이 김칠망정 없다 말고 내어라

직설적이다. 달거나 쓰거나 입쌀 탁주도 좋고 대로 테를 맨 질병의 소주도 좋다. 청탁불문이다. '어론자'는 감탄사로 '얼씨구', '좋을시고'의 뜻이다. '박구기'는 술을 뜨는 기구, 표주박을 말한다. 좋을시고, 표주박을 술독에 둥둥 띄웠다. 술 마실 채비는 다 갖추었다. 이제 술 마실 일만 남았다. 애야, 절이 김치라도 좋으니 안주 없다 말고 내어라. 급한 대로 소박한 안주라도 좋으니 빨리 내라는 것이다.

'세사는 금삼척이요 생애는 주일배라'는 말이 있다. 세상일은 거문고요 생애는 술 한잔이라는 뜻이다. 선인들은 예로부터 이렇게 술을 즐겨왔다. 그래서 취흥을 중시하고 술을 망아의 선약으로 즐기기까지 했다.

그가 사신으로 심양에 갔을 때 삼학사가 죽었는데도 술에 취해 있었다해서 탄핵을 받아 유배된 적도 있었다.

채유후(蔡裕後)는 광해군이 제주도 유배지에서 죽었을 때 호상을 맡아 처리했으며 병자호란 때는 강화 천도에 반대, 주화론에 동조했다. 효종 즉위 후 대제학으로서 『인조실록』, 『선조개수실록』 편찬에 참여했다.

그는 1646년 이조참의 지제교로 누구도 싫어하는 강빈폐출사사교문(姜嬪廢黜賜死敎文)을 지어 바쳤다. 자신도 강빈 사건에 반대를 했던 터라 집에 돌아와서는 소장하고 있던 교문을 짓는 데 필요한 사륙전서를 모두 불태워버릴 만큼 이 일을 후회했다고 한다. 강빈은 소현세자의 빈이다.

그가 지은 교문이다.

> ……역부 강은 타고난 성품이 음험하고 간사하며 몸가짐이 거칠어서 오랫동안 대궐 안에 있으면서 윗사람을 섬기는 유순한 예의를 크게 상실하였고, 심양에 당도하여서는 곧바로 왕위를 바꾸려는 흉측한 꾀를 꾸몄으며 전의 칭호를 참람되게 사용하였으니, 너희들 마음에 편안하겠는가. 적의를 미리 만들어놓았으니 무슨 짓인들 못하겠는가. 분노를 빙자해 큰 소리로 부르짖어 어길 수 없는 위엄을 감히 범하였고 원망을 더욱 깊이 품어 문안하는 예를 폐지하는 데까지 이르렀다. 비록 극진히 위해 주고 싶지만 하늘을 스스로 끊는 데야 어찌하겠는가. 궁중에 흉한 물건을 파묻었으니 이미 매우 참혹하고 수라에 독을 넣었으니 어찌 이처럼 극도에 이르렀단 말인가. …(중략)…
>
> 본가에 나가서 죽도록 하고 다시 물품을 주어 관청에서 장례를

치르게 하였다. 이미 역부(逆婦)인 강을 잡아 사사하였다. 아, 『춘추』의 대의를 인용하건대 시역의 마음만 품어도 반드시 처형해야 하고 국가의 떳떳한 법을 들추면 그 죄는 더구나 용서할 수 없다. 실로 부득이한 일이었지만 또한 절로 측은한 마음이 든다. 그러므로 이에 교시하니 잘 알 것으로 여긴다.(『인조실록』 47권, 인조 24년 3월 19일)

채유후는 젊어서 장원 급제하여 중요한 관직을 두루 역임했다. 중년 이후 술 때문에 인조의 눈 밖에 났으나 이 교문 일로 다시 중용되었다. 작품으로 시조 2수가 전하며, 저서로 『호주집』이 있다. 시에는 「취제벽상(醉題壁上)」과 같은 취(醉)자가 든 시제가 월등히 많아, 시와 술을 매우 좋아한 작자의 문학 생활을 짐작할 수 있다. 시호는 문혜(文惠)이다.

임유후 「기러기 다 날아드니…」

1601(선조 34)~1673(현종 14)

기러기 다 날아드니 소식을 뉘 전하리
만리변성에 달빛만 벗을 삼아
수항루 삼경고각에 잠 못 들어 하노라

1658년 임유후(任有後)가 종성 부사로 있을 때 지은 일종의 변새시이다. 중형 회갑 때 편지에 이 시조를 써서 보냈다.

기러기 다 날아갔으니 소식을 누구한테 전하리. 만리 변방의 벗은 달빛뿐이니 수항루 삼경을 알리는 북소리에 잠을 이루지 못하겠구나.

중형의 회갑을 맞아 소식을 전할 수 없는 안타까운 심정을 노래하고 있다. 국경을 지키는 자신의 쓸쓸한 처지와 변방 수령의 노심초사하는 심경이 그대로 드러나 있다.

수항루는 임유후가 편액을 썼다고 하는 종성도호부의 문루이다. 그는 28세(인조 6) 때 동생 임지후의 반란 혐의로 숙부인 임취정과 그의 아들이 참형을 당했다. 가문 지친끼리 화를 입어 절의문을 선대 산소에 고하고는 한번도 동생의 얼굴을 보지 않았다고 한다.

그는 세상과 인연을 끊고 울진에 은거하여 제자를 양성, 학문을 연구했다. 사후 제자들이 그의 덕행을 추모하기 위해 고산사를 건립, 위패를 모셨으나 대원군의 서원철폐령으로 훼철되었다.

울진에 은거할 때 지었다고 하는 문답가 계열의 가사 「목동문답가」가 있다.

> 인생 궁달이 귀천이 아랑곳가
> 불식 부지하여 세사를 모르는다
> 입신양명을 헴 밖에 던져두고
> 연교 초야에 초 치기만 하나슨다
> …(중략)…
> 내 노래 한 곡조 불러든 들어보소
> 장안을 돌아보니 풍진이 아득하다
> 부귀는 부운이요 공명은 와각이라
> 이 퉁소 한 곡조에 행화촌을 찾으리라

전반의 입신양명과 후반의 자연귀의라는 현실 긍정과 현실 부정의 이질적인 양극성의 상충 심리가 균형 있게 잘 처리된 문답 형식의 가사이다. 전반은 목동에게 인생의 궁달(窮達)에는 귀천이 없으니 이름을 떨침이 어떠한가 묻고, 후반은 목동이 속세의 명리는 아랑곳 할 바 아니라고 대답하는 문답형식을 취하였다.

탄로가 계열의 시조도 있다.

주천대 · 경상북도 울진군 근남면 행곡리 구미마을에 있는 대. 원래의 명칭은 '수천대' 인데 임유후가 주천대(酒泉臺)라 고쳐 불렀다.

사진 출처 : 한국민족문화대백과사전(ⓒ한국학중앙연구원 · 김지용)

우리의 놀던 자취 어느덧에 진적되어
백옹명로는 속절없이 간 데 없다
어즈버 취산존망을 못내 슬퍼하노라

우리가 놀던 자취는 어느새 옛 자취가 되었구나. 백곡 김득신, 동명 정두경은 속절없이 간데 없고. 아, 모이고 흩어지고, 살고 죽는 것이 못내 슬프기 짝이 없구나. 만년의 인생무상을 노래한 시조이다.

임유후는 영해 부사, 종성 부사, 예조참의, 승지, 도승지, 호조참판, 경주부윤 등을 지냈다. 문장이 뛰어났으며 만년에는 『주역』을 가장 좋아했다. 울진, 삼척을 비롯 영동 지방의 명승을 읊은 시가 많으며 문집으로 『만휴집』, 『휴와잡찬』이 있으며 시호는 정희이다.

울진군 근남면 행곡리 구미 마을에 명승지 주천대가 있다. 주천대는 원래 왕피천 너머의 구릉과 이어져 있던 돌산이 강물에 잘렸다고 하여 '수천대(水穿臺)' 라 불렸는데 인조 6년(1628) 임유후가 집안의 화를 입어 은거해 있을 때 이곳 경치를 사랑해 선비들과 풍류를 즐기면서 주천대(酒泉臺)라 고쳐 불렀다.

임유후가 명명한 주천대 팔경인 무학암 · 송풍정 · 족금계 · 창옥벽 · 해당서 · 옥녀봉 · 비선탑 · 앵무주가 있으며 여기에 김시습 · 오도일 · 임유후 등 3현의 유허비와 약사비가 있다.

정태화「술을 취케 먹고…」

1602(선조 35)~1673(현종 14)

술을 취케 먹고 두렷이 앉았으니
억만 시름이 가노라 하직한다
아이야 잔 가득 부어라 시름 전송하리라

술을 취하게 마시고 둥글게 앉았으니 억만 근심 걱정이 가겠노라 하직을 고하는구나. 아이야, 잔에 술을 가득 부어라, 근심 걱정을 전송하리라.

당시는 소현세자의 죽음, 부인 강씨의 사사 그리고 두 왕손의 제주도 유배로 중진 관료들의 처신이 매우 어려웠던 시기였다. 또한 북벌정책과 예송논쟁으로 신료들의 반목이 격화되었던 시기였다. 치화 · 만화 · 지화 등 정태화(鄭太和)의 친족들도 현 · 요직을 두루 차지하고 있어 지은이에게는 매우 고통스러운 시기였다.

"이 나라가 정가에 의해 움직인다"는 야유를 듣기도 하고, "재주가 뛰어나고 임기응변에 능숙하여 나라일은 적극 담당하려 하지 않고 처신만을 잘하니, 사람들은 이를 단점으로 여겼다"는 비판을 듣기도 했다. 한편으로는 이 시기의 예송논쟁에서 일어난 선비들의 희생을 예방하는 데 결정적 역할을 수행했다는 긍정적인 평가를 받기도 했다.

정태화는 성품이 원만한 사람으로 칠십 평생 남의 원한을 산 일이 거의 없었다. 예형조 · 사헌부 장관과 같은 무거운 직책들을 두루 소화할 수 있었던 것도 이러한 성품에 기인한 것이었다.

뒷날 사신이 "조정의 의논이 자주 번복되어 여러 차례 위기를 맞았으나, 그의 영현(榮顯)은 바뀌지 않았으니 세상에서는 벼슬살이를 가장 잘하는 사람으로 그를 으뜸으로 친다"고 평할 정도였으니 그의 인품이 어떠했는지 짐작할 수 있다.

그러나 심리적 중압감은 매우 컸을 것이고 한시도 긴장의 끈을 놓을 수가 없었다. 그런 그였기에 술을 취하게 먹고 억만 시름과 전송하고 싶은 것은 당연한 일이었을 것이다. 이런 심리가 그대로 반영된 것이 이 시조가 아닌가 생각된다.

정태화가 평안도 관찰사가 되었다. 당시 지은 춘첩 끝에 이런 구절이 있다.

> 관서 땅 늙은 수령 한가해 일 없는데
> 봄바람에 취해 눕자 분홍 꽃잎 점을 찍네

늙은 수령이 일이 없어 한가로우니 태평시절이 아니고 무엇인가? 살랑살랑 불어오는 봄바람에 취흥이 도도하다. 슬쩍 기대 눕자 꽃잎이 날아 와 옷깃 위에 분홍 수를 놓는다.

세상에 전하기를 이 시는 무한히 좋은 기상이 있으니 정태화가 40년 동안 재상 자리에 있으면서 부귀를 누리는 것이 모두 이 연 가운데에 있다고 했다. 정태화의 부귀영화를 예고한 시이다. 『수촌만록』에 보인다.

정태화는 다섯 차례나 영의정을 지낸 인물이다. 하루는 아우 정지화와 함께 사랑채에 앉았는데 송시열이 찾아왔다. 성품이 괄괄한 동생 정지화가 "형님! 나 그자가 가고 난 뒤에 나오리다" 하고는 다락으로 올라가 버렸다.

잠시 후 송시열이 들어왔다. 정태화와 수인사를 나눈 후 말없이 앉아 있었다. 시간이 흘렀다. 방에 아무 소리가 없자 송시열이 돌아간 것으로 생각한 정지화가 "형님 그자가 갔습니까?" 냅다 소리를 질렀다.

당황한 정태화는 "아! 아까 왔던 과천 산지기는 돌아가고 여기 우암 송 대감이 와 계시네." 이렇게 임기응변으로 둘러댔다.

송시열이 돌아간 후 정태화는 아우에게 말했다. "나는 자네가 내 뒤를 이어 영의정이 되어줄 줄 알았네. 오늘 언동을 보니 영의정 그릇은 아닐세그려."

후에 정지화의 벼슬은 우의정에서 그쳤다. 야담으로 전하는 이야기이다.

이완 「군산을 삭평턴들…」

1602(선조 35)~1674(현종 15)

군산을 삭평턴들 동정호 너를랏다
계수를 버히던들 달이 더욱 밝을 것을
뜻 두고 이루지 못하니 늙기 설워하노라

군산은 중국 동정호 안에 있는 산을 말한다. 삭평은 산을 깎아 평평하게 만든다는 뜻이다. 군산을 깎아 평지를 만들면 동정호가 넓어졌을 것이다. 달 속의 계수나무를 베어버리면 달이 더욱 밝아질 것이다. 원대한 포부를 이루지 못하고 늙었으니 그것을 서러워하고 있다는 것이다.

효종은 즉위 10년 만에 죽었다. 숙원이었던 그의 북벌정책은 수포로 돌아갔다. 이완은 효종의 북벌 정책을 수행하고 있는 중이었다. 꿈이 허사로 돌아간 것이다. 그런 안타까운 지은이의 심정을 이 시조에 담았다. 좌절감은 이루 형용할 수가 없었을 것이다.

사실 효종의 북벌 계획은 실현성이 희박했다. 그러나 민족의 힘으로 호란의 치욕을 씻고자 했던 효종의 포부는 오히려 경외스럽다.

이완(李浣)은 조선 후기 무신으로 본관은 경주, 호는 매죽헌이다. 인조 2년(1624) 무과에 급제, 인조 9년에 평안도 병마절도사가 되었다.

1650년 효종은 북벌 계획을 세웠다. 이때 문에서는 송시열이, 무에서는 이완이 북벌 계획의 핵심 인물로 등장했다. 그는 어영청 대장, 훈련대장을 역임하면서 신무기 제조, 성곽 개수 및 신축 등 북벌에 관한 여러 기반들을 마련하는 데 최선을 다했다.

효종이 죽자 북벌 계획은 중단되었다. 이완은 현종 즉위 후 한성 판윤, 형조 판서, 공조 판서, 포도대장, 훈련대장 등 두루 역임했으나 번번이 병을 칭탁, 벼슬을 사양했다. 1671년에는 수어사, 1674년에는 우의정에 제수되었으나 그해 6월 군역 변통에 대한 유소를 남기고 죽었다. 유소는 신하가 죽음을 앞두고 임금에게 올리는 상소를 말한다.

이완은 강직하고 깨끗했으며 용감하고 결단력이 있었다. 원칙에 엄격하였으며 매사에 시시비비가 분명했다. 효종의 북벌정책을 보필하여 국방 체계 · 군비 · 병력을 정비하는 데 많이 기여했다. 그는 북벌정책의 야심찬 핵심 인물로 많은 야사와 설화의 소재가 되기도 했다. 박지원의 소설 「허생전」에도 실명으로 등장한 바가 있다

『한국구비문학대계』에 수록된 그에 관한 설화 한 편이다.

> 어느 날, 한밤중에 대궐에서 입궐하라는 명을 받았다. 조복을 차려입고 입궐하려는데 부인이 조복 자락을 잡고 어디 가시냐고 물었다.
>
> 마누라에게 심통이 나 있던 장군은 "이거 왜 이러느냐?" 하였

이완장군묘 · 경기도 기념물 제16호. 경기도 여주시 여주읍 북벌로 105(상거리) 소재.

사진 ⓒ 신웅순

다. 부인은 오밤중이라 한들 명색이 무관인데 조복은 안 될 말이라 하며 무장으로 바꾸어 입으라고 했다. 장군은 무장의 예를 갖추어 출발했다.

대궐의 돈화문을 막 들어서는데 갑자기 화살이 날아와 투구에 꽂혔다. 그때서야 부인의 비범함을 알아차렸다. 계속 화살이 날아왔다. 이번에는 가슴에 꽂혔다. 명색이 대장인지라 이완은 태연하게 걸어 들어갔다. 임금은 문간에 나와 계셨다. 북벌 계획을 맡길 사람인지 아닌지를 시험해본 것이다.

임금은 술상을 차려놓고 이런저런 이야기를 나누었을 뿐이었다. 이완이 집에 돌아가려고 하자, 붓 한 자루를 내주면서 "사신이 중국에서 귀한 것이라고 하여 가져왔는데 혼자 쓰기보다 경과 나누어 써야겠소." 하셨다.

집으로 돌아왔다. 부인이 무슨 일이 있었느냐고 물었다. 모두 이야기했는데 또 다른 것은 없었느냐고 재차 물었다.

붓 한 자루 받아왔다고 했다. 그 붓을 이리저리 살피더니 갑자기 다듬잇돌에다 붓을 놓고 방망이로 내리쳤다. 그 안을 잘 살펴보니 종이 쪽지가 하나 들어 있었다. 거기에는 북벌 계획이 써 있었던 것이다. 마지막까지 시험해보신 것이다. 그는 부인 덕에 한 나라의 명장이 될 수 있었다.

강백년 「청춘에 곱던 양자…」

1603(선조 36)~1681(숙종 7)

청춘에 곱던 양자 님으로야 다 늙거다
이제 님이 보면 나인 줄 알으실까
아무나 내 형용 그려내어 님의손대 드리고자

강백년(姜柏年)의 아들이 부마 간택에 들어갔다. 그때 강백년은 종성 부사로 있었다. 왕이 그의 안부를 물었다. 변방에서 병으로 고생하고 있다고 말하자 얼마 후 강백년은 강원 감사로 발령을 받았다. 이즈음에 이 시조를 짓지 않았나 생각된다.

청춘에 곱던 모습이 님으로 인해 다 늙었다는 것이다. 물론 여인은 시인 자신이고 님은 임금을 말한다. 이제 늙고 병이 들어 옛날 사랑하던 그 사람인지 아닌지 님은 알아나 보실 수 있을까. 자신의 이 모습을 누군가가 그려 그로 하여금 님께 보여드리게 하고 싶다는 것이다. 이런 자신의 처지를 왕께서 알아달라는 뜻이다.

강백년은 일찍 부친의 뇌물수수 사건을 겪었다. 젊어서부터 몸을 단정히 했으며 매사에 조심스러웠다. 이런 그였기에 임금의 관심에서 멀어지는 것은 그에게는 참으로 견디기 힘든 것이었다. 그래서 이런 시조가 나오지 않았는가 생각된다.

강백년의 본관은 진주이며 호는 설봉 · 한계이다. 그가 부교리로 있을 때 강빈 옥사가 일어났고, 이때 강빈의 억울함을 주장하다 삭직당했다. 대사간으로 있을 때는 강빈의 신원을 상소했다가 인조의 아킬레스건을 거드리는 바람에 청풍군수로 좌천되기도 했다.

『조선왕조실록』 강백년의 졸기이다.

> 전 판중추부사 강백년이 졸하였는데, 나이가 79세이고, 시호는 문정(文貞)이다. 강백년의 아비 강주가 선조조에 대간이 되어 은을 뇌물로 받은 일로써 추국을 받아 거의 죽게 되었다가 겨우 살아났다. 이 때문에 강백년은 처음 벼슬길에 나온 이후 두려워하고 삼가함이 특별히 심하여, 일찍이 남의 과실을 논박하지 아니하였고, 자신을 단속하여 청렴하고 검소하였으며, 그 한고가 가난한 선비와 같았다. 일찍이 시문으로 이름을 드날렸고, 만년에는 크게 높은 지위에 임용되어 여러 번 문형에 추천되었으며, 벼슬이 종백(宗伯)에 이르렀다.

아버지의 뇌물 수수 사건은 일찍이 그에게는 트라우마로 작용했다. 그는 그것을 반면교사로 삼아 일생을 검소하고 청빈하게 살았다. 말년에 고향 진천군 문백면 도하리 한계마을로 낙향, 여생을 보냈다. 문집 이름이 『한계만록』인 것은 이 때문이다

그는 70세에 기로소에 들어갔으며 사후 영의정에 추증되었고, 청백

기암서원 · 충청북도 청주시 상당구 낭성면 갈산리 소재. 강백년 이후 오죽선현을 추가 배향한 서원이다. 사진 ⓒ 신웅순

리에 녹선되었다.

3대가 모두 기로소에 들어간 가문은 조선 500년을 통틀어 다섯 가문 정도에 불과하다. 표암 강세황과 그의 부친 강현 그리고 조부 강백년에 이르는 3대가 기로소에 들어갔다. 이른바 '삼세기영지가(三世耆英之家)'로 칭송받았다

1783년에 쓴 임희성의 「강세황 입기사서(入耆社序)」에서는 그를 두고 '조선 400년 역사 가운데 정말 보기 드문 훌륭한 일'이라고 칭송했다. 진주 강씨 집안을 칭송하기 위해 추사가 쓴 편액 '삼세기영지가(三世耆英之家)'가 남아 있다

문집에 『설봉집』, 『한계만록』 등이 있다. 온양의 정퇴서원, 수안의 용계서원, 청주의 기암서원에 제향되었다.

이정환 「풍설 섞어 친 날에…」

1604(선조 37)~1671(현종 11)

풍설 섞어 친 날에 묻노라 북래사자(北來使者)
소해(小海) 용안(容顔)이 얼마나 치우신고
고국의 못 죽는 고신(孤臣)이 눈물겨워하노라

이정환(李廷煥)의 「병란비분가」는 병자호란의 국치에 비분강개하여 지은 10수의 연시조 중 둘째 수이다.

풍설이 섞어 치는 날에 물어보리라. 북쪽 심양에서 온 사람이여! 볼모로 잡혀간 우리 왕자님은 얼마나 추우신고. 고국에서 못 죽고 살아 있는 외로운 신하는 눈물을 이기지 못하겠노라. 고국에서 죽지 못한 신하의 처지를 한탄하고 있다.

「병란비분가」는 한밤중 꿈에 청에 볼모로 잡혀간 소현세자의 학가선용을 만나고 온 이야기로부터 시작된다. '학가(鶴駕)'는 주나라 영왕의 세자가 도술을 닦아 신선이 되어 학을 타고 다녔다는 데서 비롯된 말로 세자가 타는 가마를 의미한다. 여기서는 소현세자와 봉림대군을 가리킨다.

여섯째 수에서는 이렇게 노래하고 있다.

> 조정을 바라보니 무신도 하 많아라
> 신고(辛苦)한 화친을 누를 두고 한 것인고
> 슬프다 조구리(趙廏吏) 이미 죽으니 참승(參乘)할 이 없어라

조정을 바라보니 무신들이 많기도 하구나. 굴욕의 화친은 누구를 위해 맺었느냐. 최명길 등 화친파를 비난하고 있다. 슬프다, 조구리(마부)는 이미 죽었으니 임금을 모실 수레를 탈 수가 없구나. 옛날 중국에는 조구리 같은, 지금은 임금을 호위하여 국치를 씻을 무장 하나 없느냐고 조정 무신들을 호되게 질책하고 있다.

열째 수는 다음과 같은 노래로 끝을 맺고 있다.

> 이것아 어린것아 잡말 마라스라
> 칠실의 비가를 뉘라서 슬퍼하리
> 어디서 탁주 한잔 얻어 이 시름을 풀까 하노라

옛날 노나라 칠실이라는 고을에 살던 여자도 나라의 우환을 슬퍼한다는 고사를 들었다. 이것아 어린것아 잡말 말아라. 자신의 이러한 슬픔을 누가 알아주겠느냐. 오랑캐에게 당한 치욕을 씻을 길이 없어 한 잔 술로 달랜다는 것이다.

시 「송암자음」에서 그는 이렇게 읊었다.

전주이씨삼효정려문 · 향토문화유산 제11호. 세종특별자치시 장군면 금암리 174-22 소재. 조선시대의 효자 이정환 · 이경설 · 이경익의 행적을 기리는 정려문이다. 사진 ⓒ 신웅순

열 수를 짓고 제목을 붙이니
누가 죽지 못한 이 신하를 불쌍타 할꼬
혼자 읊고 다시 스스로 화답하니
눈물이 나도 모르게 수건을 적시네

세월이 흘렀어도 오랑캐에게 당한 국치가 새삼 분해 「국치비가」 10수를 지었다는 것이다.

이정환은는 1633년 생원시에 합격했으나 병자호란 후 두문분출, 시작으로 일생을 보냈다. 이 「병란비분가」는 자신의 한역시와 함께 『송암유고』에만 전하고 있다.

그는 부모상을 당하자 무덤 옆에서 6년간 시묘살이를 했다. 손자인 장남 이경익, 차남 이경설 또한 효성이 지극했다. 숙종 7년(1681)에 그의 사후 어사의 보고로 전주이씨삼효정려문이 세워졌다.

송시열 「임이 헤오시매…」

1607(선조 40)~1689(숙종 15)

임이 헤오시매 나는 전혀 믿었더니
날 사랑하던 정을 뉘 손에 옮기신고
처음에 뮈시던 것이면 이대도록 설우랴

임금에게 내침을 받은 심경을 노래한 시조이다. 옛날 효종이 이조판서를 제수할 때 허름한 옷을 입은 송시열에게 담비 가죽 털옷을 하사했다. 임금님의 옛정이 그리워 외로이 눈물을 흘리고 있을 만년 송시열의 모습이 떠오른다.

임께서 특별히 생각하시므로 나는 전적으로 믿었었는데, 그 정을 누구에게 옮기셨는지. 애당초 사랑하지 않고 미워하셨더라면 이렇게까지 서러워했겠는가. 사랑했다가 배신을 당했다면 얼마나 마음이 아플 것인가. 누구나 다 원망하고 싶을 것이다. 여러 번 벼슬에서 물러나고 여러 번 유배를 갔던 송시열이었으니 더는 무슨 말이 필요하겠는가.

송시열(宋時烈)의 본관은 은진, 호는 우암이다. 사계 김장생의 제자로 인조 11년 사마시에 장원급제, 뒤에 봉림대군의 사부가 되었다. 병자호란 때는 왕을 호종하여 남한산성으로 피난했다. 효종이 즉위하자 이조판서가 되어 효종의 북벌 계획에 참여했으나 왕의 죽음으로 무산되고 말았다. 송시열은 해마다 임금의 제삿날이 되면 하사받은 털옷을 보면서 슬퍼했다고 한다. 송시열은 노론의 영수로 늘 당쟁의 한가운데 있었다. 여러 번 벼슬에서 물러나기도 하고 여러 번 유배를 가기도 했다.

1689년 기사환국, 원자(경종)의 책봉에 반대한 죄로 송시열은 제주도 유배길에 올랐다. 풍랑이 심해지자 잠시 머물 곳을 찾았다. 보길도의 선백도 마을 바닷가였다. 겨울이라 바닷바람은 차갑기만 했다. 임금에 대한 서운함과 그리움이 파도처럼 밀려왔다.

시 한 수를 읊었다. 보길도의 선백도 마을 해변의 깎아지른 암벽에 자신의 탄시 한 수를 새겼다. 이른바 「암각시문」이다.

여든 셋 늙은 몸이
푸른 바다 한가운데 떠 있구나
한마디 말이 무슨 큰 죄일까
세 번이나 쫓겨난 이도 또한 힘들었으리
대궐 계신 님을 속절없이 우러르며
다만 남녘 바다의 순풍만 믿을 밖에
담비 갖옷 내리신 옛 은혜 있으니
감격하여 외로운 충정으로 흐느끼네
八十三歲翁 蒼波萬里中 一言胡大罪 三黜亦云窮
北極空瞻日 南溟但信風 貂裘舊恩在 感激泣孤衷

우암 송시열 암각시문 · 완도군 향토문화유산 제13호.
전남 완도군 금당면 가학리 소재 사진 ⓒ 신웅순

보길도는 송시열의 영원한 라이벌인 남인의 영수, 고산 윤선도의 땅이었다. 조선시대의 두 논객, 남인과 서인의 영수가 이 남도의 먼 끝 보길도에서 만난 것이다.

그는 죽음을 예감했을까. 서울로 압송되던 도중, 정읍에서 사약을 받고 죽었다.

1694년 갑술환국으로 신원되었으며 시호는 문정이다. 주자학의 대학자로 『송자대전』을 남겼다. 그는 재야에 있으면서도 여론을 주도, 많은 사람들에게 막대한 영향력을 끼친 인물이다. 특히 예론에 밝았으며 그의 문하에서 많은 인재들이 배출되어 기호학파의 학풍을 이어갔다.

남간정사 · 대전광역시 유형문화재 제4호. 대전 동구 충정로 53(가양동) 우암사적공원 내 소재. 유학자 송시열이 제자들을 가르쳤던 건물. 사진 ⓒ 신웅순

사람들은 그를 송자라 불렀다. 문묘 · 효종묘를 비롯하여 청주의 화양서원, 여주의 대로사, 수원의 매곡서원 등 많은 서원에 배향되었다. 대전 우암사적공원 내에 제자를 가르쳤던 남간정사가 남아 있다.

장현 「나니 저 아이를…」

1613(광해군 5)~?

나니 저 아이를 머리 땋아 길렀더니
세월이 덧없어 어이 그리 자라건고
그 아이 옥등에 불 켜 들고 님을 좇아 다니거다

조카딸을 키워서 궁녀로 들여보낸 감회를 읊고 있다. 태어나 저 아이를 곱게 길렀다는 사실과 세월이 흘러 어느덧 처녀로 자라났다는 기쁨을 노래하고 있다. 종장에서는 그 아이가 궁중 나인으로 옥등에 불을 켜 들고 임금님 옆에서 시중 들고 있다고 은근히 자랑, 과시하고 있다.

장현(張炫)은 희빈 장씨의 아버지 장경(1623~1669)의 사촌형이다. 숙종 때의 역관으로 첩자와 교섭자로도 활약했다. 그는 궁중 나인으로 들어간 조카딸을 믿고 세력을 부리며 재력을 쌓았다. 인조 때 집을 너무 호화롭게 지었다 하여 대사헌 김상헌이 그를 잡아 가두어 다스린 일도 있었다.

압록강 해 진 후에 어여쁜 우리 님이
연운만리를 어디라고 가시는가
봄풀이 푸르고 푸르거든 즉시 돌아오소서

병자호란 후 소현세자와 봉림대군의 신변을 염려하여 지은 시조이다. 두 왕자가 볼모로 심양으로 잡혀갈 때 통역관으로 따라가 거기에서 6년간을 시중들었다.

'님'은 물론 소현세자와 봉림대군이다. '압록강 해 진 후'는 볼모로 잡혀가게 된 암담한 상황을, '연운만리'는 심양으로 끌려가는 암울한 길을 은유했다. 봄풀이 푸르고 푸르거든 왕자께서 즉시 돌아와 달라고 기원하고 있다.

> 풍채가 좋고 사무 처리에 부지런했다. 일찍이 뱃길을 경유하여 중국에 갔으며, 정축년(인조 15년)에 소현세자를 배종해 심양에 가서 6년 동안 머물렀으므로 저들의 정상을 자세히 알았다. 돌아와서 그 공로로 승자(陞資)하여 수임(수석 역관)이 되었고, 수임으로 있던 40년 동안 연경에 간 것이 30여 번이고, 여러 공무에 있어 그의 주선에 힘입은 것이 많았다. 벼슬은 숭록대부(종1품)에 이르렀고 여섯 번 지중추부사에 제수되었다.(『통문관지』)

장현은 소현세자, 효종, 인평대군과 각별했으며, 특히 효종의 절대적인 신임과 비호를 받았다. 효종 4년(1653) 역관들이 50수레가 넘는 인삼을 중국으로 가져가다가 발각되었다. 증거가 없음에도 그를 견제해 온 문관들이 그 인삼이 그의 것이라고 지목해 곤욕을 치렀다. 그러나 효종의 노골적인 비호 아래 그는 처벌에서 벗어날 수 있었다. 효종 8년(1657)에는 중인의 신분으로 45세의 젊은 나이에 정2품 자헌대부에 가자되어 문관들에게 공분을 사기도 했다.(위키백과)

장현은 청나라 주요 인물들과도 인맥을 쌓았다. 사신 대행 역관으로 뛰어난 외국어 실력과 외교 수완으로 수차례 조선을 위기에서 구하기도 하고 자존심을 지키기도 했다. 30여 차례나 북경을 오가면서 조선의 대소사를 도맡아 처리했고 청나라의 기밀을 탐지, 비밀 문서를 입수했으며, 조선에서 제조가 금지된 화포 무기를 사재를 털어 들여오는 등 나라를 위해 목숨을 아끼지 않았다.

갑술환국 후 장희재의 친족이라는 죄목으로 노론의 탄핵을 받아 유배되었으며, 이후 그의 행적은 알려져 있지 않다.

효종 「청석령 지나거냐…」

1619(광해군 11)~1659(효종 10)

청석령 지나거냐 초하구 어디메오
호풍도 차도 찰사 궂은 비는 무스 일고
뉘라서 내 행색 그려내어 님 계신 데 드릴꼬

효종(孝宗) 하면 제일 먼저 생각나는 시조이다. 청석령은 지났느냐, 초하구는 어디메냐. 호풍은 차고도 찬데 설상가상 궂은 비는 또 무슨 일이냐. 뉘라서 내 초라한 행색을 그려내어 임금님께 드리겠느냐.

소현세자와 함께 볼모로 청나라 땅으로 끌려갈 때 쓴 시조이다. 봉림대군의 나이 18세였다. 힘들고도 긴 여정이었다. 일국의 왕자가 비 맞은 생쥐 꼴이 되었다. 이 행색을 그래서 아버지께 드리고 싶다니. 이런 처절한 그리움도 있는가.

전쟁은 참혹하다. 봉림대군은 8년 동안 심양에 억류된 채 온갖 고초를 겪었다. 1645년 소현세자가 심양에서 귀국, 두 달 만에 급서하자 봉림대군은 세자로 책봉되었다. 1949년 인조가 죽자 바로 왕위에 올랐다.

효종의 나이 31세였다.

인조의 뒤를 이은 효종은 종통상의 약점을 안고 있었다. 효종은 자신을 왕세자로 지명한 성명을 거두고 소현세자의 아들인 원손을 왕세손으로 책봉할 것을 간청했다.

> "작은 모기가 산을 짊어진다 할 때 참으로 산을 짊어짐을 기다리지 않아도 감당하기 어려움을 아는 것입니다. 그런데 이렇게 국가가 매우 어려운 때에 막중한 후사의 자리를 일개 불초한 신에게 부탁하시니, 이것이 어찌 모기가 산을 짊어지는 만큼만 어려울 뿐이겠습니까?" (『인조실록』, 인조 23, 윤6월)

효종은 재위 10년 '숭명배청(崇明排淸), 복수설치(復讎雪恥)'를 외치며 절치부심, 북벌 계획에 신명을 바쳤다. 그러나 일찍 병사해 그의 꿈은 일거에 물거품이 되고 말았으니 이런 일도 있는가. 어쩌면 효종에게 북벌은 신앙의 대상이었는지도 모른다.

김영곤의 『왕비열전』에 효종의 북벌을 다음과 같이 말했다.

> 한평생을 북벌만을 염원하다가 승하해버렸으니 효종 임금처럼 불행한 군주도 드물었다.한 평생을 저주하다가 가 버린 임금이었다. 저주의 대상은 오로지 청나라였고 청나라는 그 저주를 외면한 채 국운이 더욱 번창해 가고 있었다. 북벌 계획은 깨졌다. 따라서 조선은 청 나라의 지배권에서 헤어나지 못할 것이었다. 그리하여 증오는 체념으로 변할 것이었고 그 체념은 습관으로 변하여 짓밟힌 것을 오히려 어루만져지고 있다고 생각하며 살아갈 약소민족의

효종대왕릉 · 사적 제195호. 경기도 여주시 능서면 영릉로 269-50 소재. 유네스코 세계문화유산에 등재되었다. 사진 ⓒ 신웅순

비애는 씻을 길이 없게 되었다.

그에게도 평화스러울 때가 있었나. 인생이란 항상 힘든 것만이 있는 것도 아니요 즐거운 때도 행복한 때로 있는 법이다. 봄비가 내리는 어느 평화로운 날이었을 것이다.

청강에 비 듣는 소리 귀 무엇이 우읍관대
만산 홍록이 휘두르며 웃는고야
두어라 춘풍이 몇날이리 우을대로 우어라

강물에 떨어지는 빗방울 소리가 무엇이 그리 우습기에 온 산의 울긋불긋 화초들이 저리 몸을 흔들어대며 웃는 것이냐. 내버려두려무나. 봄

바람이 며칠이나 더 불겠느냐. 삼춘가절이 긴 것도 아니니 맘껏 웃어보려무나.

비가 후두둑 후두둑 쏟아질 때 화초들이 몸을 흔들어대며 춤을 춘다는 착상은 참으로 기발하다. 수채화 같다. 비 오는 봄산의 풍경을 노래한 절창 중의 절창이다.

> 거의 몸을 일으킬 수 없는 지경에 이르렀어도 오히려 마른 곡식이 소생토록 비를 내려줄 것을 빌었으니, 이는 실로 지극한 성품이 하늘이 심어준 데 뿌리하고 있는 것으로 억지로 힘쓴다고 될 일이 아닌 것이다.(효종대왕 행장)

그해엔 몹시도 가물었다. 효종은 "비, 비" 마지막 말을 남기고 숨을 거두었다. 얼마나 백성을 사랑하면 그리했을까 싶다. 어쩌면 하늘이 북벌의 편을 들어주지 않고 백성의 편을 들어준 것은 천명이 아니었을까.

이휘일 「세상의 버린 몸이…」

1619(광해군 11)~1672(현종 13)

이휘일(李徽逸)의 시조 「전가팔곡」은 현종 5년(1664), 그의 나이 45세 때에 지은 작품이다. 『존재집』에 수록되지 않고 필사본으로 전해지다 1960년 김사엽에 의해 처음으로 세상에 소개되었다.

단시조 8수가 연첩으로 구성되어 있으며 그의 「서전가팔곡후」에 시조의 저작 동기가 밝혀져 있다.

> 나는 농사짓는 사람은 아니나, 전원에 오래 있어 농사일을 익히 알므로 본 것을 노래에 나타낸다. 비록 그 성향의 느리고 빠름이 절주와 격조에 다 맞지 않지만 마을의 음탕하고 태만한 소리에 비하면 나을 것이다. 그래서 곁에 있는 아이들로 하여금 익혀 노래하게 하고 수시로 들으며 스스로 즐기려 한다.

첫 수는 서시로 풍년의 기원을, 둘째 수에서 다섯째 수까지는 춘·하·추·동 사계절 농민의 노고를, 여섯째 수에서 여덟째 수까지는 새벽·낮·저녁 하루 일과의 즐거움을 노래하고 있다.

세상의 버린 몸이 견무에 늙어가니
바깥일 내 모르고 하는 일 무슨 일고.
이 중의 우국성심은 연풍을 원하노라.

첫 서사는 '원풍(願豊)' 으로 풍년을 기원하고 있다. '견무' 는 밭이랑을, '우국성심' 은 나라를 걱정하는 정성스러운 마음을, '연풍' 은 일년 농사를 말한다.

세상일에서 버림받은 몸이 밭이랑에서 늙어가니 세상일은 내가 알 수 없고 또 내가 할 수 있는 일은 무엇인가. 이러한 가운데에서 나라를 걱정하는 정성스러운 마음은 일년 농사의 풍년을 기원하는 것이다. '세상의 버린 몸' 에서 정계 진출의 어려움을 우회적으로 표현하고 있다.

여름날 더울 적의 단 땅이 불이로다.
밭고랑 매자 하니 땀 흘러 땅에 듣네.
어사와 입립신고(粒粒辛苦) 어느 분이 알으실고.

셋째 수 '하(夏)' 는 땀 흘리며 고생하는 농민의 노고를 노래하고 있다. '단 땅' 은 달구어진 땅을, '듣네' 는 떨어지네, '입립신고' 는 곡식 낟알 하나하나인 농부의 피와 땀의 결정체를 말하는데, 중국 당나라 시인 이신의 한시 「민농」의 한 구절 "誰知盤中餐(수지반중찬) 粒粒皆辛苦(입립개신고), 누가 아는가 상 위에 차려진 밥은 낟알마다 모두 농부들의 고생인 것을" 에서 따왔다.

여름날 더울 적에 햇볕에 달구어진 땅이 불처럼 뜨겁구나. 밭고랑을 매니 땀이 흘러 땅에 떨어진다. 아아, 곡식 한 알 한 알 담긴 고생을 어느 분이 알아주실 것인가. 부지런히 일하는 농부들의 일상을 사실대로 표현하고 있다.

> 보리밥 지어 담고 도트랏갱을 하여.
> 배 곪는 농부들을 진시예 먹이거라.
> 아희야 한 그릇 올리라 친히 맛봐 보내리라.

일곱째 수 '오(午)'는 농부들과 어울리는 일상사의 즐거움을 노래하고 있다. '도트랏갱'은 명아주풀로 끓인 국을, '진시예'는 제때에를 말한다.

보리밥 푸짐하게 지어 담고 명아주풀로 만든 국을 끓여 배를 곪는 농부들을 제때에 먹여라. 아이야, 한 그릇 가져오너라. 내가 친히 맛보고 나서 그들에게 보내리라.

「전가팔곡」은 한자투성이의 고시조와는 달리 '우국성심', '입립신고' 등을 제외하고는 대부분 순수한 우리말로 되어 있다. 또한 여타 강호시조와는 달리 사실적인 농촌의 실상과 이를 실천하는 지식인의 모습을 보여주고 있는 점이 특징이다.

그는 성리학을 연구하여 일가를 이룬 학자로 벼슬을 하지 않고 평생을 향촌에서 보냈다. 학행으로 천거되어 참봉에 임명되었으나 관직에는 나아가지 않았다. 한때는 병법을 연구해 효종의 북벌 계획을 돕고자 했으나 효종이 죽은 후 수포로 돌아가자 다시 성리학 연구에 진력했다. 저서로 『존재집』, 『구인략』 등이 있다.

허정 「이엉이 다 걷어치니…」

1621(광해군 13)~?

이엉이 다 걷어치니 울잣인들 성할소냐
불 아닌 다힌 방에 긴밤 어이 새오려니
아해는 세사를 모르고 이야지야 한다

가난한 선비의 살림살이가 눈에 보이는 듯 실감나게 그려져 있다.

'울잣'은 울타리를 말하며 울(籬)과 잣의 복합어이다. 잣은 성(城)의 고어이다. '이야지야'는 이렇거니 저렇거니 불평하는 소리이다. 이엉을 다 걷어치우니 울타리인들 성할 것인가. 불 아니 땐 방에 긴 밤을 어찌 새우려고 하느냐. 아이는 세상을 모르고 이러쿵 저러쿵 불평을 하고 있구나.

지붕도 울타리도 허술하기 짝이 없다. 땔나무도 없으니 이런 냉골에서 밤은 어떻게 지새우겠는가. 아이들은 이런 세상의 물정을 알 리가 없다. 그저 춥고 배고플 뿐, 이런저런 불평을 하는 것은 당연하다는 것이다.

허정(許珽)은 조선 후기 문신으로 본관은 양천이다. 효종 2년(1651) 별시문과에 병과로 급제, 성천 부사를 거쳐 승지와 부윤을 지냈다.

허정은 홍수의 변이 있었을 때 사건의 전말을 청풍부원군 김우명에게 알려준 의기의 인물이다. 김우명으로 하여금 차자(箚子, 간단한 상소문)를 올려 복창군과 복평군의 죄를 논핵하게 했다. 홍수의 변은 인평대군의 아들인 복창군 정과 복평군 연이 내전에 무상 출입하면서 궁녀들과 통간한 사실이 드러나 귀양 간 사건을 말한다.

시조 3수가 『해동가요』『청구영언』 등에 전한다.

일중(日中) 삼족오(三足烏)야 가지 말고 내 말 들어
너희는 반포조(反哺鳥)라 조중지증자(鳥中之曾子)니
우리의 학발쌍친(鶴髮雙親)을 더듸 늙게 (하여라)

일중 삼족오는 고대 신화에 나오는, 태양 안에서 산다는 상상의 까마귀이다. 천상의 신들과 인간세계를 연결해주는 신성한 길조로 태양신을 상징한다. 삼족오라는 이름은 태양 안에 있는 흑점이 세 발 달린 까마귀처럼 보인 데서 비롯되었다고 한다.

또한 까마귀는 '반포조(反哺鳥)' 라 하여 효를 상징하기도 한다. '반포'는 어미가 새끼에게 먹이를 물어다 주다 늙으면 새끼들이 어미에게 먹이를 물어다 주어 은혜를 보답한다는 뜻으로 어버이의 은혜에 대한 자식의 지극한 효도를 이르는 말이다.

증자는 공자의 제자로 14세 때에 태산 기슭에서 농사를 하다가 눈과 비가 내려 집에 돌아갈 수 없게 되자 부모를 생각하고 양산(梁山)의 노래를 지었다고 한다. 효심이 지극하여 멀리 있어도 모친이 전하는 바를 가슴으로 느낄 수 있었다고 하는 효자의 대명사이다. 학발쌍친은 머리가 하얗게 센 부모. 바로 늙으신 부모님을 이르는 말이다.

태양에 사는 삼족오야. 가지 말고 내 말을 들어라. 너희는 반포조라 새 중의 효자이니라. 우리의 늙으신 부모를 더디 늙게 하려무나.

까마귀가 효의 새이니 가지 말고 늙으신 우리 부모님을 더디 늙게 해 달라는 지극한 효심을 나타낸 시조이다.

고시조 한 편이 읽는 이의 옷깃을 여미게 한다. 효의 근본이 무너져 간 이 시대에 되씹어봄직한 시조이다. 증자만도 못한 인간이라면 모르되 까마귀만도 못한 인간이라면 할 말이 없다. 까마귀와 증자는 효의 상징으로 두고두고 생각해봄직한 효의 단어들이다.

낭원군「평생에 일이 없어…」

1640(인조 18)~1699(숙종 25)

평생이 일이 없어 산수간에 노니다가
강호에 임자 되니 세상일이 다 니제라
어떻다 강산풍월이 귀 벗인가 하노라

평생 동안 벼슬길에 나아가지 않아 자연을 벗삼아 노닐다가 자연의 주인이 되어 세상일을 다 잊었도다. 아, 강과 산, 바람과 달 그것이 내 벗인가 하노라.

낭원군(朗原君)은 조선시대의 왕족으로 선조의 손자 인흥군의 아들이자, 효종의 당숙이다. 본명은 이간, 호는 최락당이며 학문에 조예가 깊고, 시가에 능하며 왕실 작가 중 가장 많은 시조 30수를 남겼다.

왕명으로 여러번 청나라에 사신으로 다녀오기도 했고 왕실 족보의 정비 작업도 하는 등 종실로서 몇 가지 일들을 했다. 그는 현실에 개입하지 않았고 종친으로서 깊게 개입할 처지도 아니었다. 왕족의 특권을 누리면서 현실에서 물러나 강호 산수를 즐기며 일생을 한가롭게 살았다. 그런 심정을 토로한 시조이다.

달은 언제 나며 술은 뉘 삼긴고
유령이 없은 후에 태백이도 간 데 없다
아마도 물을 데 없으니 홀로 취코 놀리라

이도 성은이요 저도 성은이라
모이신 공자님네 아는가 모르는가
진실로 이 뜻을 알아서 동락태평하오리라

달은 언제 생겼으며 술은 누가 만들었는가. 술 잘 먹기로 유명한 유령과 이태백도 다 옛날 사람이라 물을 사람이 없으니 혼자서라도 취하겠다는 것이다.

유령은 패국 사람으로 죽림칠현의 한 사람이다. 그가 방 안에서 옷을 벗고 있으면서 친구가 와도 일어나지 않아 친구가 나무라면 "나는 천지를 막(幕)과 자리로 삼고 집을 옷으로 삼는데, 너는 왜 남의 옷 속에 들어와 시비를 거는 거냐" 고 했다고 한다.

이백은 달과 그림자와 자기 이렇게 셋이 술판을 벌였던 시인이다. 동정호에서 술을 마시고 놀다 물에 비친 달을 잡기 위해 빠져 죽었다는 전설을 남긴 주당의 대명사이다. 위 작품은 첫 수에서 "왜 술 먹고 취하는가?" 라고 묻고 둘째 수에서 "성은이라 태평성대를 즐기기 위한 것이라" 대답하고 있다.

이도저도 다 성은이라 모이신 공자님네는 아는가 모르는가. 임금이 자신과 공자들을 잘 돌보아주시니 이 태평세월을 즐기기 위해서 술을

낭원군 암각자 · "朗原君重遊癸酉冬"라고 새겨져 있다.

사진 출처 : 〈푸른바다〉, http://blog.daum.net/king6113/4752

사인암 · 명승 제47호. 충북 단양군 대강면 사인암2길 42 소재.

사진 ⓒ 신응순

마신다는 것이다.

귀족들을 공자님네라고 부르고 있어 종친의 잔치에서 불렀을 것으로 보인다. 사실 왕자나 종친들은 처신을 잘못하면 역적의 앞잡이로 몰려 누명을 쓰고 죽기 십상이다. 늘 위험에 노출되어 있는 종친에게는 임금의 은혜와 충성을 공개적으로 언명해두는 것이 신상에 이로웠을 것이다. 그래서 그들은 이런 시조들을 남겼다.

외에 중국에 사신으로 가서 느낀 회포나 늙어가는 심정을 읊은 것, 심성 수양을 권장하는 것 등의 시조들이 있다.

형 낭선군과 함께 전서 · 예서를 잘 썼다고 한다. '법주사벽암대사비', '만덕산백련사비' 등이 남아 있다.

단양팔경의 하나인 사인암 절벽에 새겨진 암각자가 있다. 숙종 19년(1693)에 그가 사인암을 다녀간 기념으로 새겼다. 해서로 '낭원군중유계유동(朗原君重遊癸酉冬, 낭원군이 계유년 겨울에 다시 유람하다)'라고 새겨져 있다.

김성최 「술 깨어 일어 앉아…」

1645(인조 23)~ 1713?(숙종 39)

술 깨어 일어 앉아 거문고를 희롱하니
창밖에 섰는 학이 즐겨서 넘나난다
아해야 남은 술 부어라 흥이 다시 오노매라

술에 취해 있다 다시 깨어나서 거문고를 연주하니 창 밖에 있는 학이 거문고 소리에 맞추어 덩실덩실 즐겁게 춤을 추고 있다. 아이야, 남은 술을 부으려무나 흥이 절로 나는구나.

김성최(金盛最)는 거문고를 잘 타는 것으로 유명했다. 이 시조는 술과 거문고를 즐겼던 당시 경화사족(京華士族) 일상의 한 단면을 보여주고 있다. 경화사족은 일반적으로 번화한 한양과 근교에 거주하는 사대부들로 특히 18세기 한 시대의 조선 사회를 정치적 사상적 측면에서 이끌어왔던 지배층들을 말한다. 지방을 낮추어 부르고 서울을 높여 불렀던 번화한 서울의 사족들을 특별히 지칭하여 그렇게 불렀다. 거문고, 술, 학 같은 소재들은 경화사족들이 일상 속에서 예술적으로 즐겨 향유했던 대상들이다.

> 공정(公庭)에 이퇴(吏退)하고 할 일 아조 없어
> 편주(扁舟)에 술을 싣고 시대중(侍中臺) 찾아가니
> 노화(蘆花)에 수(數)많은 갈매기는 제 벗인가 하다라

관청의 아전들이 물러가고 할 일이 없어 작은 배에 술을 싣고 시중대를 찾아가니 무성한 갈대꽃 많은 갈매기들이 내 벗인가 하노라.

일상사를 마치고 돌아가는 곳이 바로 유람의 대상인 유유 한적한 강호 자연이다. 당시는 자연 완상, 경승지 유람 같은 것들이 사대부 일상사에서는 그들만의 중요한 소일거리였다. 그렇다고 이러한 유람은 즐기는 것으로 그뿐, 자연과 어떤 대화를 나눈다거나 자연에 대한 특별한 의미를 찾아가는 것은 아니었다.

시중대는 강원도 통천군 흡곡면에 있는 동해안의 한 사구로 관동팔경 중의 하나로 가장 북쪽에 있다. 금강산과 원산 사이에 있어서 옛부터 많은 사람들이 완상을 하던 곳이다. 이 시중대는 시중호라는 호수를 바라보는 곳에 있는데, 예전에는 이곳에 정자가 있었다고 한다.

한명회가 강원도 관찰사로 있을 때 이곳에서 자주 연회를 베풀었다고 한다. 어느 날 이곳에서 한창 술자리를 즐기고 있는데, 갑자기 임금이 그를 우의정에 임명했다는 소식을 들었다. 이 때문에 이곳을 시중대라고 부르게 되었다는 설화가 전하고 있다. '시중'은 정승에 해당하는 고려시대의 관직명이다.

김창흡도 「시중대중추범월(侍中臺中秋泛月)」이라는 작품에서 시중대

의 아름다움을 이렇게 읊었다.

> 넘실넘실 일렁일렁
> 호수가 울창한 산속에 감추어져 있으니
> 그 툭 터져 드러낸 것보다 나은 점이 많다.
> 누대의 형세는 실로 중추의 달 즐기기 마땅하리라.
> 배는 삐꺽거리는 듯
> 사람은 시를 읊는 듯
> 남북 사이로 왕래하노니
> 그림이로다, 그림이로다.
> 溶溶漾漾 藏湖於淺山之內 其勝於軒豁呈露者多矣
> 臺之得勢 眞於中秋翫月 爲宜 船如鴉軋
> 人如吟嘯 來往南北坨之間 畵哉畵哉

시중대는 경치가 뛰어나 시뿐만이 아니라 정선의 그림으로도 남아 있다. 훗날 조유수가 이병연에게 정선의 그림을 청할 때 반드시 시중대를 그려달라고 부탁까지 했다고 한다. 그는 시중대를 "연기 안개 아득하니 마음대로 멋진 배를 띄우고 스스로 강호의 주인이 되어 유람할 수 있는 곳"이라면서 시중대의 뱃놀이를 즐겼다고 한다.

김성최는 연시조 14수 「율리유곡(栗里遺曲)」으로 유명한 김광욱의 손자이다. 숙종 9년(1683)에 단양 군수로 부임, 여러 내외직을 거쳐 정3품 당상관인 목사에까지 올랐다. 3수의 시조가 남아 있다.

박태보 「흉중에 불이 나니…」

1654(효종 5)~1689(숙종 15)

흉중에 불이 나니 오장이 다 타들어 간다
신농씨 꿈에 보아 불 끌 약 물어보니
충절과 강개로 난 불이니 끌 약이 없다 하더라

가슴 속에 불이 나니 오장 육부가 다 타들어간다. 신농씨를 꿈에 만나 불 끌 약을 물어 보았더니 임금님에 대한 충절과 울분에서 생긴 불은 끌 약이 없다고 하더라. '신농씨(神農氏)'는 농사를 가르쳐준 중국 신화 속의 인물이다

1680년에는 경신환국, 1689년에는 기사환국, 1694년에는 갑술환국이 일어났다. 경신환국에는 서인이, 기사환국에는 남인이, 갑술환국에는 서인(노론, 소론)이 정권을 장악했다. 경신환국은 예송문제의 여파로, 기사환국은 원자의 책봉 문제로, 갑술환국은 폐비민씨(인현왕후)의 복위 운동으로 일어난 사건들이다.

숙종은 오래도록 왕자를 가지지 못했다. 소의 장씨가 아들을 낳았다.

숙종은 서둘러 이를 원자로 삼고 장씨를 희빈에 책봉하려고 했다. 서인들은 왕비 민씨(인현왕후)가 아직 젊으니 후일을 기다리는 것이 좋다며 반대했다. 숙종은 이런 반대를 아랑곳하지 않고 장씨를 희빈에, 장씨 소생의 왕자를 원자로 삼았다.

박태보(朴泰輔)는 인현왕후의 폐비를 극력 반대했다. 이에 숙종의 노여움을 사 유례없는 고문을 당했다. 뼈가 부서지고 살이 타는데도 그는 얼굴빛 하나 변하지 않았다. 유배 도중 노량진 나루터를 건너기도 전에 숨을 거두고 말았다. 35세의 젊은 나이였다. 앞의 시조는 그러한 지은이의 울분과 탄식이 배어 있는 작품이다.

그와 같은 또 하나의 시조가 있다.

> 청산 자와송아 네 어이 누웠는다
> 광풍을 못 이기어 뿌리 져어 누웠노라
> 가다가 양공을 만나거든 날 옛도라 하고려

'뿌리 져어'는 '뿌리가 젖혀져'를, '양공'은 '훌륭한 목수'를 뜻한다. 청산의 비뚜름하게 누워 있는 노송아, 네 어이하여 누워 있으냐? 미친 듯 부는 바람을 이기지 못해 뿌리까지 뽑혀 누워 있노라, 가다가 훌륭한 목수를 만나거든 여기 있다고 전해주거라.

연대 미상의 고전소설 「박태보전」이 있다. 박태보의 행적을 기록한 소설이다.

> 급히 숯 두 섬을 피우는데, 너무 급하여 부채질도 미처 못하고

노강서원 · 경기도 의정부시 동일로122번길 153(장암동, 노강서원) 소재. 조선 후기 박태보의 학문과 덕행을 추모하기 위해 세운 서원. 숙종 21(1695년)에 세웠고 숙종 23(1697년)에 국가에서 인정하는 사액서원으로 노강이라는 편액을 받았다. 이후 흥선대원군의 서원철폐령에도 폐쇄되지 않은 47개 서원 중 하나이다. 사진 출처 : 문화재청

모든 나장이 옷자락으로 숯을 피웠다. 화염이 하늘에 닿을 듯하니 좌우에 선 신하들이 뜨거움을 이기지 못하여 점점 물러났다. 두 손 넓이만 한 넓적한 쇠 두 개를 불어 넣어 달구고 식으면 서로 바꾸어 달구어 지지게 했다. 큰 나무를 세워 박태보를 거꾸로 매달아 땅에서 여섯 치 정도 떠 있게 하니 보는 자들이 다 창백해지고 모두 기가 막혀 말을 못했다.

……달군 쇠를 가끔 바꾸어 지지니 두 다리가 불같이 일어나고 벌건 기름이 끓어 누린내가 코를 찔렀다. 공의 모습은 죽은 나무 같았다. 끓는 기름이 콸콸 흐르니 옆에 섰던 신하들은 감히 떨며 바로 서 있지 못하는데 박태보의 안색은 찡그리거나 견디지 못하

는 기색이 전혀 없으니 떨던 사람들이 이로 인해 오히려 힘을 얻어 평안했다.

모진 고문에도 박태보는 의연하였다. 시비를 가리는데 조리가 정연했고 비리를 보면 과감히 나섰으며 의리를 위해서는 죽음도 서슴치 않았던 그였다. 그가 죽은 후 정려문이 세워졌다. 영의정에 추증되었으며 노강서원에 제향되었다.

사형 선고를 받은 백범 김구가 옥중에서 모진 고문을 당했으나 박태보의 이런 모습을 떠올리며 모진 고통을 참아냈다고 한다. 박태보의 매운 절조는 이렇게 후세의 귀감이 되고있다.

김창업 「거문고 술 꽂아놓고…」

1658(효종 9)~1721(경종 1)

거문고 술 꽂아놓고 홀연히 잠을 든 제
시문견폐성(柴門犬吠聲)에 반가온 벗 오난고야
아희야 점심도 하려니와 탁주 먼저 내어라

노가재 김창업(金昌業)의 시조이다. 증조부는 서인 청서파의 영수이자 척화파의 거두인 청음 김상헌이고, 부친 김수항은 노론의 영수이다. 그는 명문거족의 가문에 태어났음에도 벼슬에 뜻이 없었다. 아버지 김수항은 정적들에게 몰려 죽임을 당했다. 그 충격으로 김창업은 일생 출사하지 않고 은거, 전원 생활을 하며 살았다.

거문고 연주하다 술대 꽂아놓고 홀연 낮잠이 들었는데 사립문 밖에서 개 짖는 소리가 들려온다, 반가운 벗이 왔구나. 아희야, 점심도 하려니와 탁주 먼저 내어놓으려무나.

무료하게 지내던 일상이다. 기대하지 않았던 벗이 찾아왔으니 얼마나 반가운 일인가. 경화사족 일상의 평화로운 오전, 점심 때의 일이다.

자 나믄 보라매를 엊그제 갓 손 떼어
빼짓체 방울 달아 석양에 밧고 나니
장부의 평생득의(平生得意)는 이뿐인가 하노라

한 자가 넘는 보라매를 엊그제 막 손을 떼어 빼깃에 방울을 달았다. 석양에 매를 팔에 받고 나니 장부의 평생 해볼 만한 일은 이뿐인가라고 노래하고 있다. '빼깃'은 매의 꽁지 위에 표를 하려고 덧꽂아 맨 새의 깃을 말한다. '보라매'는 난 지 1년이 안 된 새끼를 잡아 길들여 사냥에 쓰는 매이다.

저녁 무렵의 일상이다. 석양 무렵 매를 날리는 순간의 쾌감을 표현하고 있다. 취미로 즐겼던 당시 경화사족들의 호사 일면을 보는 듯하다. 변방을 지키는 무장도 아닌 글쟁이 사대부가 방울 달린 어린 매를 키우고 손에 거두는 일은 장부의 평생에 해볼 만한 일이라 했다.

첫 번째 수는 거문고를 타는 점심경의 오전을, 두 번째 수는 매를 사냥하는 늦은 오후 석양의 일과를 노래했다.

벼슬을 저마다 하면 농부 할 이 뉘 있으며
의원이 병 고치면 북망산이 저러하랴
아해야 잔 가득 부어라 내 뜻대로 하리라

셋째 수에서는 인생의 의미를 묻고 있다. 어떤 삶도 현실에서 벗어날 수 없고 죽음을 면할 수 없다. 벼슬을 저마다 한다면 농부 노릇할 사람은 누가 있으며 의원이 병을 다 고친다면 북망산천의 무덤들이 저러하겠느냐. 아이야, 잔 가득 부어라. 내 뜻대로 하리라.

빈부귀천 할 것 없이 사람이라면 주어진 분수대로, 주어진 운명대로 살아가는 것이다. 내 뜻대로 살아가겠다는 것이다.

그들의 일상생활 속에서의 주된 정서는 거문고, 술, 매사냥 등과 같은 고급 취미들이다. 대상을 즐기기는 하나 지나치게 흐트러지거나 유흥적이지 않고 일정한 거리를 유지하고 있다.

김창업은 시뿐만이 아니라 그림에도 뛰어나 산수와 인물을 잘 그렸다. 화양서원에 모신 송시열 화상은 그가 그린 것을 화공이 전사(轉寫)한 것이라고 한다.

1712년 형 김창집을 따라가 청나라 사신으로 연경을 다녀와 기행문 『노가재 연행일기』를 남겼다. 중국의 산천과 풍속, 문물제도 등 상세히 기록, 역대 연행록 중에서 가장 뛰어난 책으로 손꼽히고 있다.

『노가재 연행일기』에서 화이의 차별적 세계관이 바뀌어가는 과정의 일부이다.

> 노가재는 십삼산의 찰원에서 장기모라는 호인(胡人) 어린이를 만나 대화를 나누었다. 대화 중에 다음과 같은 내용이 나온다.
>
> "너희들은 달자(㺚子)와 친교를 맺느냐?"
>
> "이적의 사람이 어찌 우리들 중국과 어울려 친교를 맺겠습니까?"
>
> "우리 고려 역시 동이(東夷)인데, 네가 우리들을 볼 때 역시 달자와 한 가지로 보느냐?"
>
> "귀국은 상등인이요 달자는 하류인인데, 어찌해서 한가지이겠습니까?"
>
> "달자들도 머리를 깎으며 너희들도 머리를 깎는데, 무엇으로써

> 중국과 이적을 가리느냐?"
>
> "우리들은 머리를 깎지만 예가 있고, 달자는 머리도 깎고 예도 없습니다."
>
> 나는, "말이 이치에 맞는다. 네 나이 아직 어린데도 능히 이적과 중국의 구분을 하니, 귀하기도 하고 슬프기도 하구나! 고려는 비록 동이라고 불리고 있지만 의관문물이 모두 중국을 모방하기 때문에 '소중화' 라는 칭호가 있다. 지금의 이 문답이 누설되면 좋지 않으니 비밀로 해야 된다." 고 했다.

김창업은 내심 청국 사람들을 지목하여 '달자' 라고 했는데, 아이는 그것을 몽고로 오인하여 답변한 것이었다. 이렇게 처음에 김창업은 청나라에 대한 조선의 우월감을 조심스럽게 내비쳤다. 그러나 연행일기의 후반으로 갈수록 청국을 이적으로 보던 관점은 약간씩 변해 간다. 자기 존재에 대한 깨달음으로부터 그런 변화는 생겨날 수 있었다. 연경에서 중국 사람들을 보며 그들과 대비되는 자신의 모습을 다음과 같이 객관화시키게 된 것이다. 김창업은 청에 대한 복수의 감정으로 가득 차 있어야 마땅한 인물이나 그의 화이관이나 소중화 의식이 한으로 맺힐 정도는 아니었다. 냉철하리만큼 객관적인 태도로 중원의 문물을 대하고 관찰하고 있는 그였다.

경종 원년(1721) 신임사화로 형 김창집, 이이명 등 노론 4대신이 유배를 가자 김창업은 울분을 못 이겨 병사했다. 신임사화는 왕통 문제와 관련, 소론이 노론을 숙청한 사건이다.

윤두서 「옥에 흙이 묻어…」

1668(현종 9)~1715(숙종 41)

옥에 흙이 묻어 길가에 버렸으니
오는 이 가는 이 다 흙이라 하는고야
두어라 알 이 있을 것이니 흙인 듯이 있거라

윤두서 자화상 · 국보 제240호
출처 : 문화재청

옥에 흙이 묻어 길가에 버렸으니 사람들은 옥을 흙이라고 하는구나. 두어라 언젠가는 알 사람이 있을 것이니 그냥 흙인 듯이 있거라.

윤두서(尹斗緖)라고 하면 으레 이 자화상을 떠올린다. 대결하듯 응시한 눈, 치켜 올라간 눈썹, 양쪽으로 뻗친 구레나룻 그리고 긴 턱수염, 꽉 다문 두툼한 입술. 섬뜩한 기운이 감도나 쓸쓸해 보이고 간담이 서늘하나 그늘진 눈빛이다. 왠지 비장미가 느껴진다.

윤두서의 집안은 남인 계열이다. 당쟁으로 무고한 선비들이 무더기로 희생되었던, 그래서 야인으로 살아가야만 했던 그였다. 그는 진사시에 합격했으나 셋째 형이 당쟁에 휘말려 유배지에서 사망하자 벼슬길을 접었다. 절친한 친구 이익의 형 이잠이 장희빈을 두둔하는 상소를 올렸다가 맞아 죽자 그가 46세가 되던 1713년에 서울 생활을 청산하고 해남으로 이주했다. 거기에서 2년을 살다 48세를 일기로 일찍 세상을 떠났다.

흙 묻은 옥은 초야에 묻혀 있는 인재나 세상에 알려져 있지 않은 인물을 말한다. 여기에서는 물론 자기 자신을 말한 것이리라. 옥을 옥이라고 말할 수 없었던 시대, 그리하면 다칠 테니 설치지 말라는 일종의 자계의 시조이다. 첫째도 조심, 둘째도 조심해야 할 때였으니 이런 시조가 나온 것은 당연했으리라. 오늘날에도 타산지석으로 삼아야 할 교훈적인 작품이다.

윤두서는 조선 후기 선비 화가로 본관은 해남, 호는 공재이다. 윤선도의 증손이며 다산 정약용이 그의 외손자이다. 시인 석북 신광수가 그의 사위이기도 하다. 장남 윤덕희, 손자 윤용도 화업을 계승, 3대가 화가의 가문을 이루었으며 겸재 정선, 현재 심사정과 더불어 조선 후기 3재로 불리워진다. 특히 인물 · 동식물을 잘 그렸으며 예리한 관찰력과 정확한 필치로 유명하다.

그는 화가뿐만 아니라 명필로도 일가를 이루었다. 그의 서체는 전 · 해 · 행 · 초 등 다방면에 걸쳐 있으며 행 · 초서에서 특히 전형적인 개성이 드러나 있다. 그는 친구 옥동 이서에 의해 시도된 서체의 혁신이라 불리던 동국진체의 영향을 많이 받았다.

또한 유학과 경제 · 지리 · 의학 · 음악 등 여러 방면을 추구한, 실학자 성호 이익과도 깊은 친분을 맺고 있었던 박학다식한 학자이기도 했다.

다산 정약용은 윤두서가 남긴 〈일본지도〉를 접하고 그 정밀함과 가치에 감탄하면서 그의 삶을 이렇게 평가했다.

> 무릇 공재는 성현의 재질을 타고나고 호걸의 뜻을 지녔기에 남기신 작품에 이와 같은 종류가 많습니다. 애석하게도 시대를 잘못 만나고 수명도 짧아 마침내 평생 벼슬 없이 세상을 마치셨습니다. 내외 자손으로서 한 점의 피라도 받은 자가 있다면 반드시 발군의 뛰어난 기상을 가졌을 터인데, 불행하게도 때를 만나 번창하지 못하고 있으니 어찌 하늘이 내린 명이라 할 수 있습니까. 그 분이 남긴 원고와 유묵 중에는 후세에 드러내 문채(文彩)가 날 것이 많을 터인데, 집 안 깊숙이 숨겨진 채 쥐가 갉아먹고 좀이 슬어도 이를 구제해낼 사람이 없으니, 또한 슬픈 일이 아니겠습니까.(안휘준, 『한국의 미술가』)

작품에 임하는 태도가 고고해 많은 작품을 남기지는 못했으나 〈자화상〉, 〈채애도〉, 〈선차도〉, 〈백마도〉 등이 『해남윤씨가전고화첩』에 전하고 있다. 『해동가요』에 위 시조 한수가 전하고 있다.

모든 벼슬을 포기하고 시 · 서 · 화로 일생을 보낸 선비 화가 윤두서. 그는 짧은 인생을 산, 시대를 한발 앞서 간 한 비애의 지식인이었다.

권섭 「하늘이 뫼를 열어…」

1671(현종 12)~1759(영조 35)

「황강구곡가(黃江九曲歌)」는 옥소 권섭(權燮)이 영조 28년(1752), 그의 나이 82세 때 황강을 배경으로 백부인 한수재 권상하의 뜻을 시가로 남기고자 지은 구곡체의 연시조이다. 총 10수로 권섭이 지은 시조 75수 중 가장 나중에 창작되었다.

권상하는 1675년 송시열이 유배를 가게 되자 남한강 상류에 있는 제천 황강으로 은거해 거기에서 44년간 윤봉구, 한원진, 이간, 채지홍, 이이근, 현상벽, 최징후, 성만징 등 황강팔학사를 비롯하여 그외 많은 학자들을 길러냈다. 황강은 제천시 한수면에 있는 남한강과 월악산이 어우러진 경관이 매우 아름다운 곳으로, 권상하는 이곳에서 주자학으로 일가를 이루었다.

권섭은 굽이굽이 펼쳐지는 황강의 경치를 사실적으로 서술하고 여기에 자신의 흥취를 부쳤다. 첫째수는 도입부이고 1곡은 대암, 2곡은 화암, 3곡은 황강, 4곡은 황공탄, 5곡은 권호, 6곡은 금병, 7곡은 부용벽, 8곡은 능강, 9곡은 구담이다.

하늘이 뫼를 열어 지계(地界)도 밝을시고
천추(千秋) 수월(水月)이 분(分) 밖에 맑았어라.
아마도 석담파곡(石潭巴谷)을 다시 볼 듯하여라.

이 도입부에서 작가의 창작 의도를 밝혔다. 하늘이 산을 열어 땅의 경계가 밝을시고. 오랜 세월을 흐르면서 물과 달이 분 밖에 맑았어라. 아마도 석담파곡을 다시 본 듯하여라. '밖에 맑았어라' 라는 것은 '외청(外淸)' 을 말하는 듯하다. 외청은 신선이 산다는 외계 삼청(三淸)을 말한다. 삼청은 인간이 바라는 도교의 최고 이상향이다. 외청을 나누었으니 모든 만물이 맑아져 석담파곡을 본 듯하다는 것이다.

황강을 율곡 이이의 석담, 우암 송시열의 파곡과 비겼다. 석담은 황해도 해주에 있으며 율곡 이이가 학문을 하며 제자들을 가르쳤던 곳이다. 여기서 이이는 「고산구곡가」를 지었다. 파곡은 송시열이 강학했던 곳이다. 송시열은 주자의 무이구곡을 본떠 화양동계곡의 볼 만한 아홉 곳에 이름을 붙이고 이를 화양구곡이라 하였다

권섭은 주자의 무이구곡, 이이의 고산구곡, 송시열의 화양구곡을 본떠 성리학의 적통이 주자, 이이, 송시열에 이어 권상하에게 계승되고 있음을 「황강구곡가」를 통해 보여주고 있다.

송시열은 권상하의 삶과 학문의 전부였다. 스승이 살았을 때는 나아가 가르침을 받았고, 유배길에 오를 때는 따라 나서거나 낙향해 은거했으며, 죽임을 당해서는 그 뜻을 죽을 때까지 좇았다.

권상하의 제자인 채지홍은 "도학은 우암 송시열 선생에서 한수재 권상하 선생에게로 전해지기에 이르렀고, 예악(禮樂)은 화양동에 이어 황

강에 자리하고 있다"고 말했다. 당시 권상하의 학문적 지위와 사상적 권위가 매우 높았던 것으로 보아 많은 사람들로부터 황강이 조선 주자학의 성지임을 인정 받았던 것으로 보인다.

오곡(五曲)은 어드메오 이 어인 권(權)소런고
일흠이 우연(偶然)한가 화옹(化翁)이 기다린가
이 중(中)의 좌우촌락(左右村落)에 살아볼까 하노라

오곡은 어디인가 여기가 권소인가. 이름이 우연인가 아니면 화옹을 기다렸던 곳인가. 이 중에 좌우촌락에 살아볼까 하노라. 노인은 권섭의 백부인 권상하를 말한다. 이 소의 이름이 우연히 권씨 자신의 성과 일치하니 조화옹 자신이 여기에 와 살기를 기다린 게 아닌가 싶다는 것이다. 그래서 아름다운 자연과 학문적 전통성을 지닌 여기 어디 가까운 좌우촌락에 살아볼까라고 하고 있다. 오곡의 이름이 권소임을 들어 이곳이 권상하의 은거지로 운명 지어진 것임을 은연중 부각시키고 있다.

그는 한시 3,000여 수, 시조 75수, 가사 2편 등 다양하고도 많은 작품을 창작했으며 그중 「황강구곡가」는 주자의 「무이도가」와 이이의 「고산구곡가」의 맥을 이은 작품으로 평가를 받고 있다.

찾아보기

인명, 용어

ㄴ

ㅌ

ㅍ

작품, 도서

ㄱ

ㅁ

ㅂ

ㅅ

ㅈ

ㅊ

ㅍ

ㅎ